애틋하게 안녕

애틋하게 안녕

초 판 1쇄 2023년 12월 14일

지은이 지월
펴낸이 류종렬

펴낸곳 미다스북스
본부장 임종익
편집장 이다경
책임진행 김가영, 박유진, 윤가희, 이예나, 안채원, 김요섭, 임인영

등록 2001년 3월 21일 제2001-000040호
주소 서울시 마포구 양화로 133 서교타워 711호
전화 02) 322-7802~3
팩스 02) 6007-1845
블로그 http://blog.naver.com/midasbooks
전자주소 midasbooks@hanmail.net
페이스북 https://www.facebook.com/midasbooks425
인스타그램 https://www.instagram/midasbooks

© 지월, 미다스북스 2023, *Printed in Korea*.

ISBN 979-11-6910-411-1 03810

값 **19,000원**

미다스북스는 다음세대에게 필요한 지혜와 교양을 생각합니다.

애틋하게 안녕

지월 지음

미다스북스

이 책을 사랑하는 아빠에게 바칩니다.

'아빠가 읽지 않아도 알 수 있는 우리의 이야기.'

아빠는 나의 첫 책이 출간되는 것을 보지 못하고 눈을 감았다. 작가로서 펼쳐낸 글들을 보지 못한 채 떠나버린 아빠를 위해 아빠가 읽지 않아도 알 수 있는 우리의 이야기를 책으로 엮고 싶었다. 아주 개인적인 이유로부터 집필을 시작한다는 것은 참 괴로운 일이었다. 개인적인 감정 없이는 쓸 수 없는 일임과 동시에 그 감정을 빼놓아야 했기에.

이번 작업을 '이만하면 됐다.' 여정으로 칭했다. 초고를 쓸 때부터 스스로가 만족할 때까지 충분한 퇴고 작업을 거치리라 다짐했기 때문이다. 한 권의 책이 나오기까지 어느 작가가 안 그러겠냐마는 심혈을 기울여 쓴 글조차도 여러 번 보면 제 마음에 안 드는 구석을 찾기 마련이다. 책을 집필하는 과정은 곧 아빠에 대한 애도이자 삶에 대한 원망이기도 했으며 부재를 겪는 자의 서글픔이자 망각에 대한 두려움이기도 했다. 더불어 한때는 아빠의 마음을 헤아리지 못한 자식이라는 죄책감이기도 했다. 그래서 이 모든 것을 씻어내고 싶어서 '이만하면 됐다.'라는 기준치를 글에 더 자주 들이밀었다. 이만하면 아빠에게 받은 사랑에 대한 보답이 될 수 있을까. 이만하면 아빠와의 추억을 아름답게 회상할 수 있을까. 이만하면 하늘에 계신 아빠가 조금은 뿌듯해하실까. 아니 이만하면 살아가는 동안 살을 헤집고 들어오는 아빠와의 기억에 슬픔 없이 잘 살수 있을까.

글이 마무리될 무렵, '이만하면 됐다.'라는 건 애초에 불가능한 일이었다는 것을 알았다.

결국 나에게 이만하면 됐다고 말해줄 수 있는 건 세상을 떠난 아빠뿐일 테니.

나는 여전히 아빠가 그립고 보고 싶고 눈물겹다.

쉬이 이제는 잊으라는 사람들의 안부가 미워 '보란 듯이' 원고를 쓰는 날도 있었지만 아픈 시간을 알아달라는 인정의 욕구를 갖는 대신, 겪은 자가 아는 아픔을 흘려버리지 말고 한 생명의 삶과 죽음에 경의를 표하기로 했다.

문득 어딘가에서 나와 비슷한 상실을 겪었을 사람들을 떠올리곤 했으나 상실을 겪은 누군가가 바로 이 책을 볼 수 있으리라 믿지 않는다. 사별에 의한 상실은 구멍 난 가슴과 같아 아무것도 쥐지 못하게 하며 우리에게 무엇인가 행할 움직임을 앗아가 버린다. 구멍 속에 비바람이 한참을 드나든 후에야 삶에 눈 돌릴 틈이, 책장 한 장을 넘길 힘이 생길 것이다.

그러나 그것을 극복이라 말하지 않겠다. 시간이 지나도 잊히지 않는 추억들이 바람이 되어 남은 이들의 가슴속에 꾸준히 드나든다는 것을 너무나 잘 알기 때문이다. 같이 살아가는 것이 아닐까.

상실과 상실이 주는 무너짐과 상실이 된 누군가와 우리는 같이 가는 중일지도 모른다.

다만 우리 모두가 아무렇지 않은 듯 반듯하게 살아가고 있으리라는 것을 짐작해 본다.

지금, 이 순간에도 병과 싸우고 있는 환우분들과 그의 가족분들에게 경의를 표하며.

목차

프롤로그

목차

1장
나의 버팀목

목차

2장
미운 날을 헤아려 볼 때

목차

3장
슬퍼도, 함께

목차

4장
결국 모든 것이 사랑

목차

5장
언제나 내 곁에

목차

우리의 이야기를 마무리하며

1장

나의
버팀목

애틋하게 안녕

나에게도 슈퍼맨이 있었다

어렸을 때부터 나는 물을 무서워했다. 또래 아이들처럼 수영장에 놀러 가는 법이 없었다. 여름 휴가철에 바다에 가더라도 발목까지 오는 깊이에서 찰랑찰랑 물장구를 칠 뿐이었다. 계곡에 가면 친척들이 수영하는 것을 몇 시간째 지켜본 뒤에야 튜브를 들고 물에 들어갈 수 있었다. 그러다가 물이라도 먹으면 다시는 물에 들어가지 않겠다며 도망 나오기 일쑤였다.

나와 달리 우리 아빠는 '물개'라고 불리던 사람이었다. 운동신경이 워낙 좋았고 수영도 무척이나 잘했다. 그런 아빠는 무더위가 기승을 부리면 늘 계곡에 갔다. 물가에 가서 노는 것을 두려워하지 않는 사람이었다. 덕분에 계곡에는 자주 갔으나 아빠처럼 물개가 될 수는 없었다. 그저 내가 용기 내서 물에 들어갈 때면 아빠는 내 손을 잡고 더 깊은 곳으로 들어오게끔 나를 이끌었다. 그리고 내가 조금이라도 무서워하면 양손을 꼭 잡아주었다. 아빠의 옷깃을 잡고 늘어지면 "하나도 안 무서워, 이 바보야."라고 말하며 호탕하게 웃을 뿐이었다.

어느 날, 내 또래처럼 보이는 아이들이 큰 바위에 올라가서 계곡물에 다이빙하는 것을 지켜보았다. 물에 있던 어른들은 아이들이 풍덩 빠지려고 하면 다치지 않게끔 아이들을 살폈다. 물론 나는 바위에 올라갈 엄두조차 내지 못했다. 멀뚱멀뚱 보고만 있던 나에게 어른들은 받아줄 테니 올라가서 뛰어보라고 말씀하셨다.

'할 수 있을까? 무섭지 않을까?'

내키지는 않았지만 바위 위에서 보는 계곡의 풍경이 궁금했다. 어떤 기분인지 느껴보고 싶었던 것 같다. 어린이의 호기심은 꽤 담대하기도 하지. 막상 바위 위로 올라가니 밑에 있는 물이 더 깊어 보여 발이 움직이지 않았다. 뛸까 말까를 500번 정도 고민하니 다리가 후들거리고 나도 모르게 짧은 비명이 새어 나왔다. 그 순간 밑에서 아빠의 음성이 들렸다.

"월아, 뛰어. 아빠가 받아줄게."
"정말로?"

아빠의 한마디에 주변 풍경이 어떤지, 물에 빠지면 어떨지 하는 생각들이 전부 들어오지 않았다. 오직 밑에서 양팔을 넓게 벌리고 나를 기다리는 아빠만 보였다.
하나…둘…셋.
눈을 감고 폴짝 뛰었더니 아빠의 품에 안겨 있었다.

"그것 봐. 아빠가 받아준다고 했잖아."

아빠는 더 깊은 물속으로 나를 이끌었을 때도, 바위에서 뛰어내렸을 때도 나를 무자비하게 빠트리지 않았다. 내가 한 발짝 움직일 때마다 "좋지? 이 정도면 안 무섭지?"라고 말해주었다. 그리고 커가면서 물보다 더 무서운 게 많다는 것을 몸소 체험해갈 때도 아빠는 나를 곤경 속에 무작정 밀어 넣지 않았다. 그렇게 했을 때 내가 성장하기보다 오히려 놀라서 뒷걸음질 치는 성향을 지녔다는 것을 아빠는 알고 있었기 때문이다. 그저 무서울 게 하나 없다는 말을 툭 던져놓고 딸이 스스로 움직이기 시작하면 아빠는 딸의 한 발짝에 "괜찮지?"라고 물었고 두 발짝에는 "그것 봐. 별거 아니지? 넌 할 수 있다니까."라고 말해주었다.

이렇게 나를 키웠다는 것은 나에게 꽤 중요한 일이다. 가까운 보호자로부터 부정당하는 것이 익숙했다면 어른이 되어서도 부정당하는 순간들이 아무렇지 않은 마땅한 사람이 되었을 테니까. 그러나 아빠가 미우나 고우나 생긴 모양 그대로 나를 바라봐 주었기에 부정보다는 '존중', '인정'에 더 가까운 사람이 될 수 있었다.

함께 있으면 무서울 게 없고 무엇이든 안전할 거라고 믿게 만들어주는 사람. 공중에서 떨어져도 왠지 나를 받아줄 것 같은 사람.

왜 우리는 어렸을 때 그런 사람을 '슈퍼맨'이라 말하지 않나. 나에게도 슈퍼맨은 있었다.

애틋하게 안녕

소중한 내 편

2000년대 초반, 초등학교에서는 1년에 두 번 큰 행사가 열렸다. 하나는 가을 운동회, 하나는 연말 학예회. 먼저 학교에 가서 행사에 참여하고 있으면 어느샌가 부모님은 나를 지켜보고 있었다. 수많은 인파 속에서도 나는 단번에 엄마 아빠를 찾을 수 있었다.

운동회의 대표 종목 달리기. 달리기가 너무 싫었다. 만년 꼴찌였으니까. 잘해야 6명 중 4등이었다. 운동신경이라곤 하나도 없는 탓에 또래 아이들 사이에서 적당히 묻어갈 수 있는 박 터뜨리기, 줄다리기 같은 걸 더 좋아했다. 고학년이 되어서 장애물 달리기가 있는 날에는 더 고역이었다. 달리기가 있는 날마다, 오늘도 꼴찌를 했다며 울상을 지으면 엄마와 아빠는 운동신경이 꽝이라며 나를 놀리곤 했다.

그러던 어느 날 학교에서 운동회 종목으로 '미션 달리기'를 추가 시켰던 적이 있었다. 달리기를 하면서 쪽지에 적힌 미션을 수행하는 룰이었다. '모자를 쓴 아저씨와 달리기', '안경을 쓴 아줌마와 달리기', '검은색 옷을 입은 선생님과 달리기.' 대개 어른들과 함께하는 미션이었다. 아빠는 달리기를 하기 전 나에게 와서, 꼭 아빠 손을 잡고 달려야 한다고 했다. 그날 내가 뽑은 미션은 '시계를 찬 아저씨와 달리기'였다. 이런, 아무리 생각해도 우리 아빠는 손목시계를 찬 적이 없었다. 겨우겨우 시계를 찬 아저씨를 찾아 달리고 있는데 저 멀리서 내 친구와 우리 아빠가 함께 달리고 있는 게 보였다. 나중에 알고 보니 친구가 뽑은 미션은 '키 큰 아저씨와 달리기'였다. 우리 아빠는 184cm의 덩치가 우람한 사람이었으니 분명 친구의 눈에 띄었을 거다. 결국 그날 아빠와 함께 달렸던 친구는 2

등, 나는 3등을 했다. 달리기가 다 끝나고 아빠에게 갔더니 아빠가 이렇게 말했다.

"그냥 아빠 손잡고 뛰지. 쪽지 검사하는 것도 아닌데."

아뿔싸! 그러고 보니 내가 뽑은 미션 쪽지는 나만 보고 마는 것이었다. 달리기를 하는 중에도 결승선을 통과한 후에도 쪽지를 확인하는 사람은 없었다. 아쉬움이 밀려왔다. 아빠 손을 잡고 함께 달렸으면 좋았을 텐데. 참 곧이곧대로인가 싶다가도 어린 시절의 마음이 순수해서 지금도 웃음이 난다. 그 일이 있고 난 후에도 학교에서 달리기를 하는 날이면 아빠는 장난 투로 나에게 물었다.

"딸! 오늘도 꼴찌야?"
"아니야. 오늘은 내 뒤에 한 명 더 있었어."
"아이고, 꼴찌는 면했네."

초등학생, 중학생, 고등학생. 고등학생에서 성인이 될수록 달리기를 하는 일은 줄어들었다. 하지만 아빠는 종종 내가 커서도 딸이

달리기를 진짜 못한다며 동네방네 소문을 내고 다녔다. 그리고 나도 짜증을 내며 아빠의 말을 받아치곤 했다. 달리기가 제일 싫다고.

남들 앞이면 부끄러워서 말 못 할 일들을 아빠랑은 아무렇지 않게 회상하곤 했다. 달리기를 못하거나, 젓가락질을 잘 못하거나, 동네 골목 강아지가 무서워서 학교도 못 가고 울고 있다거나. 창피하고 어리숙했던 이야기들을 하면서 우리는 늘 웃고 있었다. 조금은 모자란 나의 이야기들도 늘 아빠 앞이면 대수롭지 않은 일이 되었다. 남들보다 모자란 것이 부끄러울 수는 있으나 흠이 되는 일이 아니라는 걸 알 때 밀려오는 '안심'에 마음을 녹이고 사는 것, 그게 바로 내 편이 아닐까.

가장 빠르게 달려오는 사람

9살, 우리 담임 선생님은 소문난 호랑이 선생님이었다. 연배가 높아 학년 부장을 맡던 베테랑 교사이자 아이들에게는 무서운 스승이었다. 그때 당시에는 체벌 금지가 규정되어 있던 시절이 아니어서 학교에서도 학원에서도 매를 맞을 때가 있었다. 특히 우리 반선생님은 아이들이 숙제를 안 해오면 목뒤를 손으로 툭 때리곤 하셨다. 지금으로선 상상할 수 없는 체벌이지만 그때 당시에는 엄한 선생님일 뿐이었다.

한번은 동물 가면을 만드는 숙제가 있었다. 나는 토끼 가면을 만들기로 했다. 분홍색 색상지에 은색 반짝이로 테이핑해서 엄마와 함께 가면을 만들었다. 잘 만든 작품은 학급 게시판이나 학교 로비에 전시해주기 때문에 고사리 같은 손으로 엄마와 함께 정성을 다했다. 그렇게 늦은 밤까지 가면을 다 만들었는데 문제가 생긴 건 그다음 날이었다. 힘들게 만든 토끼 가면을 집에 놓고 온 것이다.

'가면 진짜로 만들었는데…. 집에 두고 왔다고 하면 선생님이 믿어주실까?'
'숙제를 제출하지 않았다고 크게 혼이 나면 어떡하지?'

눈물이 쏟아질 것 같았다. 그 순간 떠오르는 건 아빠였다. 나에게 가장 빨리 달려와 줄 수 있는 사람. 호랑이 담임 선생님한테 혼날 생각에 너무 무서웠다. 쉬는 시간이 되자마자 학교 컬렉트콜 전화기가 설치되어 있는 곳으로 부리나케 달려갔다. 011로 시작하던 아빠의 전화번호를 누르기 시작하면서부터 울음이 터졌다. 신호음이 가더니 이내 아빠 목소리가 들렸다.

"아빠."

"어, 딸 목소리가 왜 그래?"

"아빠, 나 어제 만든 토끼 가면 두고 왔어."

"토끼 가면? 근데 왜 울어?"

"숙제 안 가져오면 선생님께 혼나."

"아빠가 빨리 가져다줄게. 기다리고 있어."

숙제 검사를 하기 전까지 아빠가 도착해야 할 것을 걱정하며 초조하게 아빠를 기다렸다. 한 20분쯤 흘렀을까. 갈색 체크무늬 외투를 입은 아빠가 한 손에 토끼 가면을 들고 나타났다. 아빠의 등장에 우리 반 아이들은 누구 아빠냐며 키다리 아저씨라고 수군대기 시작했다. 아빠는 복도에 설치되어 있던 나의 신발장에 토끼 가면을 넣어주었다.

아빠 덕분에 무사히 제출한 토끼 가면은 학교 로비에 전시되었다.

그날 저녁에 아빠는 나에게 그랬다. 아빠가 있는데 뭐가 걱정이냐고. 왜 바보같이 울고 있냐고.

아빠는 내가 울면 가장 빠르게 나에게 달려오는 사람이었다. 일이 바빠서, 몸이 아파서, 오늘은 피곤해서. 우리는 종종 상대에게 가지 못하는 갖은 이유를 대며 살아가지 않나. 울타리가 되어준다는 것은 이런 게 아닐까 싶다. 우리가 가진 이유를 제쳐두고 상대의 한마디에 바로 달려가는 발걸음 같은 것. 투박한 손으로 토끼 가면을 들고 뚜벅뚜벅 걸어오던 든든함 같은 것 말이다.

　애틋하게 안녕

20년 된 애착 목도리

어렸을 때는 유행에 꽤 민감했다. 유명 브랜드의 외투, 컬러 스키니진, 동물 털모자 등 한 학급에 30명이 넘는 아이들끼리 모여 있다 보면 '유행'이라는 건 불이 붙듯 타오르고 시간이 지나면 눈 녹듯 사라졌다.

8살 때쯤이었다. 학급에서 한창 원숭이 모양 목도리가 유행했다. 원숭이의 긴팔이 목을 두르고 몸통을 오르내리며 길이를 조절

할 수 있는 귀여운 목도리였다. 그 당시 너 나 할 것 없이 아이들의 목에는 원숭이가 매달려 있었다. 다른 목도리를 하고 있어도 원숭이 목도리를 맨 친구들이 훨씬 이뻐 보였다.

집으로 가서 원숭이 목도리를 사달라고 몇 날 며칠을 졸랐는지 모른다. 아빠는 지방으로 출장을 갔었고 엄마는 아빠가 출장이 끝나고 집으로 오는 길에 사 올 거라며 나를 달랬다. 겨울이 끝나고 곧 봄이 올 것 같은데 난 언제쯤 원숭이 목도리를 가질 수 있는지! 어린 마음에 서러워서 울다 잠이 든 적도 있었다. 울다 지쳐 잠들던 밤, 자면서 어렴풋이 엄마 아빠가 통화하는 소리를 들었다.

"여보, 원숭이 목도리 샀어? 애가 몇 날 며칠을 울면서 잠드는데."

아침에 눈을 떠보니 머리맡에 원숭이 목도리가 놓여 있었다. 털이 복슬복슬한 연분홍색 목도리. 한참을 눈을 떼지 못하고 있는 나를 보며 엄마가 말했다.

"아빠가 새벽에 월이 준다고 잽싸게 왔다가 다시 갔어."

그날 아침 보란 듯이 원숭이 목도리를 목에 매고 가벼운 발걸음으로 학교에 갔다. 친구들이 날 보자마자 눈이 동그래졌다.

"우와, 월이 원숭이 봐. 엄청나게 커."

"진짜네. 털도 많고 부드러워."

"색도 연분홍색이네. 연분홍색은 우리 반에서 아무도 없지 않아? 월아, 어디서 샀어?"

히죽히죽. 털도 부드럽고 몸집도 크고 연분홍색인 원숭이는 우리 학교에서 내가 가진 게 유일했다. 집에 와서도 목도리를 껴안고 얼마나 폴짝폴짝 뛰었는지. 아빠는 나에게 줄 목도리를 구하려고 이곳저곳을 돌아다녔다. 가장 이쁘고 따뜻해 보이는 원숭이를 품에 안고 3시간이 넘는 거리를 달려왔다. 그 새벽에 자지도 못하고 서러워하는 딸에게 목도리를 전해주기 위해 집에 다녀갔던 밤. 서로에게 아까운 게 없는 시간을 선물 받았다.

얼마 못 가 유행이 식어버린 원숭이 목도리는 아직 나의 방 한편에 자리 잡고 있다. 서랍 속에 있었다가, 때가 탄 거 같으면 한 번

빨아서 옷걸이에 걸어두었다가, 다른 옷들을 걸 자리가 부족하면 다시 옷장에 들어갔다가. 그러다가 아빠가 건네준 사랑이 보고 싶어질 때면 괜스레 원숭이를 쓰다듬었다가 잠깐 안아보곤 한다. 20년 남짓 동안 그 목도리를 버리지 못한 이유가 있다면 애착이라 불리는 녀석이 그 원숭이 목도리 너머에 있기 때문일 것이다.

부모가 처음이라

그날은 아침에 눈을 뜨니 부엌에서 분주한 소리가 들렸다. 코를 찌르는 고소한 기름 냄새, 주변을 두리번거리니 아빠 친구분이 화장대 앞에 서 계셨다. 일명 두꺼비 삼촌. 옆에서 자고 있던 엄마는 온데간데없고 삼촌만 보였다. 그리고 부엌 쪽에서 아빠가 걸어 나왔다.

"딸 일어났어?"

"응 아빠, 엄마는?"

"엄마 병원 갔어. 이제 월이도 동생 생겼네?"

"동생 태어났어? 엄마 동생 낳으러 갔어?"

"응. 오늘은 아빠랑 학교 갈 준비 하자."

집에 두꺼비 삼촌이 계신 것도 그 때문이었다. 혹시나 내가 혼자 있을 상황을 대비해 아빠가 급한 대로 절친에게 집에 와달라고 부탁을 한 모양이었다. 아침부터 부엌에서 분주한 소리가 들렸던 것도 내 아침을 차려주기 위함이었다. 그날 아침상에는 계란 프라이가 올라왔다. 내가 아침을 먹는 사이 아빠는 내 옷을 골랐다. 니트와 타이즈, 치마 차림이었다. 아빠 눈에 가장 예쁜 것을 골라 입혔다. 그다음은 머리를 묶어줄 차례였다. 아빠의 선택은 양 갈래머리. 엄마가 머리를 빗겨주면 아팠는데 이상하게 아빠가 머리를 빗겨줄 때는 아무렇지 않았다. 예쁘다는 아빠와 삼촌의 말을 믿고 나는 학교에 들어섰다. 등교하자마자 담임 선생님께 자랑했다.

"선생님, 오늘 제 동생이 태어났어요."

"그래? 동생 태어나서 기쁘겠네. 학교는 혼자 준비하고 왔어?"

"아니요. 아빠랑요."

그날 하루가 어떻게 지나갔는지 모르겠다. 얼른 학교를 마치고 엄마와 동생을 보러 병원을 가야 한다는 생각뿐이었다. 하교 시간에 맞춰 아빠는 나를 데리러 왔다. 차에 타자마자 아빠가 물었다.

"오늘 친구들이 아무 말도 안 해? 아빠가 옷도 골라주고 예쁘게 머리도 묶어줬는데."
"아무 말도 안 했어. 엄마는 병원에 있어?"
"응. 아빠랑 지금 병원 가는 거야."

병실에 도착하자마자 엄마에게 달려갔다. 순간 엄마는 나를 보고 놀란 표정으로 아빠에게 물었다.

"여보, 애 꼴이 왜 이래?"

아빠 눈에는 예뻤는데 엄마 눈에는 기겁할 노릇이었나 보다. 아빠가 입혀준 옷은 엄마는 상상도 못 했을 갈색과 보라색 조화의 옷

차림이었고, 야심 차게 묶어준 양 갈래머리는 한쪽은 위로 한쪽은 아래로 내려가 있었다. 늘 엄마의 손길로 꾸며졌던 터라 아빠가 나를 챙기려면 분명 서툴렀을 거다. 게다가 둘째도 태어나고 혼자 병원에 있을 엄마를 생각하면 마음이 조급했을 테니까. 엄마와 아빠는 그날 처음으로 두 남매의 부모가 되었다.

언젠가 들었던, 부모도 부모가 처음이라는 말을 참 좋아한다. 한때는 완전한 지지자 같았던 부모님의 존재마저도 완벽할 수 없다는 것을 자식으로서 받아들여야 할 때가 있다. 부모에게 자식이란 존재도 그러하듯. 그래도 다행이다, 내가 기억하는 서툴렀던 아빠의 첫 모습이 커다란 기쁨이어서. 처음으로 서툴렀던 아빠의 모습을 떠올려 보라고 한다면 동생이 태어나던 그날이 생각난다. 평소와 달리 조금 이상한 모양새로 등교해야 했던 분주하고 두근대는 하루 말이다.

애틋하게 안녕

붕어빵 부녀

아빠에게 은근한 자랑거리가 있었다. 나의 외모가 아빠를 닮았다는 사실이다.

내가 중학생이었을 무렵, 아빠가 일을 마치고 늦은 점심을 먹는 날이었다. 동네 맛집이었던 오래된 짜장면 집에는 내 또래로 보이는 학생들이 있었다. 아빠는 학생들이 입은 교복을 보고 나와 같은 학교라는 것을 알았다고 했다. 짜장면을 먹고 있던 학생들이 나와 동갑이라는 것을 알게 된 아빠는 장난기가 발동했다.

"너희 2학년이야? 아저씨 딸도 그 학교 다니는데, 아저씨가 누구 아빠인지 알아맞히면 너희 짜장면 아저씨가 다 사줄게."
"월이 아빠요!"

친구들은 처음 보는 아저씨가 나의 아빠라는 것을 단번에 알아챘다. 아빠는 그날 내 친구들의 짜장면을 다 사주었다며 집에 와서 호탕하게 웃었다. 도대체 얼마나 닮았길래 친구들이 단번에 월이 아빠라고 그러겠냐며 웃음을 멈추지 못했다.

이 이야기는 친척들, 아빠의 친구들에게도 돌고 도는 유명한 일화가 되었는데 원 플러스 원처럼 따라다니는 이야기가 또 있었다.

아빠가 그렇게 친구들에게 짜장면을 사주고 며칠 뒤에 서류 제출 건으로 내가 다니는 학교 교무실에 들렀는데 담임도 아닌 선생님이 아빠를 보더니 "월이 아빠세요?"라고 물었다는 일화다. 아빠가 학교에 방문을 일삼았던 사람이라면 별일 아닌 일이겠지만 우리 아빠는 1년에 한 번 학교에 방문할까 말까 한 사람이었다. 그날 아빠에게 말을 건 선생님이 우리 반에 와서 말씀하셨다.

"월이가 아빠를 많이 닮았구나. 붕어빵이야 붕어빵."

영문을 모르는 나는 집에 와서야 이 모든 일들을 알게 되었다. 선생님과의 일화를 전하면서도 아빠는 호탕하게 웃었다. 내가 성인이 되고 나서도 이 이야기는 전례 없는 유명 일화가 되었다.

누워서 자는 모습부터 시작하여 바닥에 앉아 있는 자세까지 닮았다는 아빠와 나. '엄마를 닮았으면 더 예쁘지 않았을까?' 하는 귀여운 생각도 삐죽하고 튀어나오지만 나 역시도 아빠를 닮은 게 싫지 않았다.

자신을 닮은 딸이 있다는 것은 어떤 기분일까. 한창 '딸바보'라는 말이 유행하기 시작했을 때, 마치 아빠를 위해 만들어진 말처럼 주변 사람들은 아빠를 '딸바보'라고 부르기 시작했다. 어디를 가든 아빠는 나를 이름보다 '우리 딸'이라고 더 많이 칭하는 사람이었다.

'우리 딸'이라는 단어 앞에는 '세상에 하나뿐인 소중한 분신'이라는 수식어가 담겨 있었다는 것을 생각해 본다.

<u>아빠의 손맛</u>

아빠는 요리를 잘했다. 레시피를 찾아보지 않아도 뚝딱뚝딱. 집 안에서 요리한 적이 많지는 않았지만 가끔 선보이는 아빠의 요리 실력에 가족 모두가 고개를 끄덕일 정도였다. 엄마가 일 때문에 늦게 오는 날이면 아빠는 주방에 들어가 주섬주섬 있는 재료들로 찌개나 국을 끓여 저녁을 준비하곤 했다.

아빠가 해 준 요리 중 최고는 김치 수제비다. 칼칼한 국물에 팁

텁하지 않은 맛이 일품이었다. 늦은 밤 배가 출출해서 뭐라도 먹어야겠다는 말에 아빠가 수제비를 끓여주었는데 힘이 많이 들어가야 하는 요리라는 걸 알게 되었다. 반죽을 얼마만큼 잘 치대느냐가 관건이라며 제일 신경 써야 하는 부분이라고 했다. 요리조리 오른손 왼손을 거쳐 가던 반죽으로 만든 수제비는 쫀득쫀득했다. 김칫국물과도 잘 어우러졌다.

수제비보다 더 간단히 요리하고 싶을 때는 떡국을 끓여주었다. 떡과 잘게 부순 조미김만 들어갔을 뿐인데 맛있게 한 끼를 채울 수 있었다. 가끔 생각나서 아빠에게 해달라고 조르면 아빠는 몸을 일으켜 주방으로 갔다.

"떡 어떻게 해줘? 푹 익힐까?"

아빠는 맛있게 먹는 나를 보며 좋아했다. "아빠 요리 진짜 잘하지?"라며 자신을 자랑하는 모습이 웃겼지만 부정할 수는 없었다. 더불어 한 그릇을 뚝딱 비운 나를 보면 "그걸 다 먹었어? 대단하네."라며 은근히 뿌듯해하기도 했다.

아빠 대신 내가 주방에 들어가던 날에는 요리하고 난 뒤에 꼭 아빠의 반응을 살폈다. 아빠가 맛있다고 하면 성공적인 음식이었다. 나의 첫 성공적인 음식은 '김칫국'이었다. 육수를 먼저 내고 국물을 푹 우려냈다. 아빠는 국물 한 숟가락을 넘기더니 말했다.

"그렇지, 이렇게 끓여야지. 잘했다."

이후로 나는 아빠를 따라 요리에 재미를 붙이기 시작했다.

아빠가 해준 김치 수제비가 생각날 때가 있는데 그 맛을 내는 곳을 찾지 못했다. 반죽을 빚던 손맛이 들어가서였을까. 똑같은 레시피로 요리해도 깃들어 있는 손맛은 따라가기 어렵다는 것을 느낀다. 가끔 사랑하는 이들에게 음식을 대접할 때면 아빠의 마음이 그려진다. 손맛이 담겨 있는 음식을 맛있게 먹어준다면 요리한 사람은 안 먹어도 배부르구나.

수신 「데리러 갈게」

고등학생 때, 하루 중 14시간 이상을 학교에 있었다. 학교가 끝나면 녹초가 되어 있었다. 특히 시험 기간이 다가오면 더 기진맥진한 상태로 학교에 다녔다. 집에서 학교까지는 도보로 30분 거리였다. 등교할 때는 주로 걸어 다녔고 밤 10시에 하교할 때는 늘 아빠가 나를 데리러 왔다. 엄마는 아빠가 오후 9시 40분쯤 차 키를 들고 나갈 준비를 하면 함께 따라 나오곤 했다. 아빠는 운전석 엄마는 조수석. 아빠가 일이 끝나고 바로 올 때면 아빠 홀로 운전석에 앉아 그렇게 3년 내내 나를 데리러 왔다.

학교가 끝나기 10분 전이면 항상 아빠에게 문자가 와 있었다.

「정문. 아빠 와 있다.」

간혹 전화가 오는 날도 있었다.

"딸 언제 끝나?"

"매일 똑같지, 10시."

"그래, 데리러 갈게."

"오늘은 아빠 피곤하면 안 와도 돼."

"안 피곤해. 조금 이따가 봐."

아빠는 늘 짙은 파란색 트레이닝복에 검은색 슬리퍼 차림으로 나왔다. 차 안에서 나는 말없이 창밖을 보고 있거나 진로에 대한 고민이 있을 때 아빠에게 짜증을 내곤 했다. 그럴 때마다 아빠는 앞으로 살면서 화나고 힘든 날이 얼마나 많은데 지금 이런 일로 속을 태우냐고 했다. 지금 나에게는 이 문제가 가장 큰데 아빠가 내 상황을 잘 몰라주는 것 같았다. 요즘 세대를 이해하지 못한다고 생각했다. 그렇게 충돌이 있을 때면 하루가 더 고됐다. 물론 아빠가 데리러 오지 못하는 경우 홀로 집에 걸어갈 때면 그 하루는 더 고되게 느껴졌다. 걸어가면서 보이는 밤하늘의 별이 아름답기는 했어도 괜스레 혼자 있으면 마음이 울컥할 때가 있었다.

비가 오는 날이면 비가 온다고. 눈이 오면 눈이 온다고. 여름이면 덥다고. 겨울이면 춥다고. 아빠가 나를 데리러 오는 이유를 갖가지로 설명할 수 있었지만 그 이유가 하나로 통한다는 것을 알고 있었다.

'사랑하니까.'

그 하나로 나를 아꼈고, 더 일찍 보고 싶어 했다는 것을 안다. 아빠는 내가 성인이 된 이후에도 간혹 내가 있는 곳으로 나를 데리러 왔다. 데리러 오지 못하더라도 아빠는 '많이 늦니? 보고 싶다 딸.'이라고 문자를 남겨두었다.

아빠는 생전에 나에게 두 가지 사실을 몸소 깨닫게 해 주었다. 하나는 세상에 나를 기다려주는 사람이 있다는 것. 또 하나는 모두가 등을 져도 무조건적인 내 편이 있다는 것.

그렇게 아빠는 종종 나를 데리러 왔다. 투덕거리는 한이 있더라도, 걸어가면서 보는 밤하늘의 별이 아름다워서 쓸쓸함이 배가 되지 않도록 함께해 주는 사람. 아빠가 숨겨둔 다정함은 늘 나를 향했다.

이제는 데리러 왔다는 연락도,

보고 싶다는 연락도 받을 수 없지만

세상에 나를 기다려주는 사람이 있었다는 것,

무조건적인 내 편이 있었다는 것.

큰 기쁨이었구나. 큰 기쁨이었다.

애틋하게 안녕

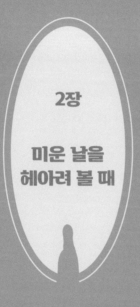

2장

미운 날을
헤아려 볼 때

애틋하게 안녕

술이 먼저냐 외로움이 먼저냐

아빠는 알아주는 애주가였다. 우리 가족은 아빠의 음주를 싫어했다. 술을 마시고 집에 들어오는 날이면 항상 방에 있는 나를 거실로 불러냈다. 아빠는 술에 취하면 자기 전까지 인생사에 관한 이야기들을 늘어놓았다. 술을 마시고 말이 많아지는 모습도, 기분 좋게 흥이 오른 모습도 싫었다.

고등학생 2학년 때 야간 자율학습을 마치고 집에 가려는데 아빠가 술에 취해서 나를 데리러 온 적이 있었다. 학교 근처 식당에서 모임이 있었던 아빠는 지인들과 헤어지고, 때마침 내가 하교할 시간이어서 같이 걸어 들어갈 생각으로 학교 정문에서 나를 기다리고 있었다. 교실을 나서기 10분 전에 아빠한테 전화가 왔다. 딱 들어도 술에 취한 목소리였다. 술에 취했으면 바로 집에 가면 되지 왜 나를 데리러 왔는지 화가 나기도 하고, 친구들이 취한 아빠를 볼까 봐 초조한 마음이 들기도 했다. 아빠한테 알리지 않고 뒷문으로 나와서 혼자 집에 걸어 들어갔다. 30분쯤 흘렀을까. 집에 도착했을 때 아빠에게 전화가 왔다. 사실 집을 걸어오는 내내 전화가 왔는데 받지 않았다. 집에 도착하고 나서야 추운데 아빠가 아직도 나를 기다리고 있으면 어쩌지 하는 생각이 들었다. 수화기 너머로 어디냐는 아빠의 물음에 집이라고 답했다. 엄마는 아빠를 두고 왔냐며 나에게 한마디를 했고 아빠는 무표정한 얼굴로 집에 들어왔다.

그다음 날 학교에 갔는데 반 친구가 나에게 말을 걸었다.

"월아, 어제 나 너희 아버지 봤어."

덜컥, 심장 온도가 살짝 높아져 붉어지는 듯한 느낌이었다. 아빠가 술에 취한 모습이었을 텐데 친구는 내 속 사정을 아는 듯 모르는 듯 웃으면서 말을 이어갔다.

"너희 아버지가 계속 우리 딸 이러면서 너 기다리시던데, 너 나왔냐고 물어보셨어."

말하는 친구의 표정이 맑아 보였다. 그 맑음 속에 비친 내 얼굴이 고스란히 다가와 나를 툭 내밀치고 간 느낌이었다.

'어이구, 이 바보야.'

앞으로 데리러 오지 말라고 큰소리를 냈던 터라 아침까지 서로 말도 하지 않던 상태였다. 냉전의 시간이 머릿속에서 필름처럼 지나갔다.

우리 부녀는 서로를 지극히 사랑했지만 안 맞을 때도 많았다. 세모와 동그라미 같달까. 아빠는 술을 좋아했고 나는 술 취한 아빠의 모습을 싫어했다. 아빠는 자신이 어떤 상황이든 나를 기다렸고 나는 아빠를 기다려주지 않았다. 아빠는 나를 사랑해서 서운한 날이 많았고 나는 서운한 날보다 아빠를 미워한 날이 더 많았다.

아빠는 그 이전에도 이후에도 종종 술을 마셨다. 술을 마신 아빠에게 우리는 좀처럼 곁을 주지 않았고 결국 아빠가 술을 마셔서 외로움을 자처했다는 생각이 스치기도 했다. 그러나 이제야 가늠해본다. 술을 마셔서 외로워졌다기보다는 아빠가 외로워서 술을 찾는 날도 있었다는 것을. 술이 먼저냐 외로움이 먼저냐. 이 별난 생각을 논하며 아빠를 이해하려고 하는 건 술을 마시는 아빠가 싫었지만 아빠에게서 느껴지는 외로움이 보일 때면 미움이 사그라들었기 때문이다. 그리고 부끄럽게도 나는 아빠의 외로움에 한몫하던 딸이지 않았는가.

왜 하필 그곳에 갔을까

14살, 친구들 사이의 갈등을 이기지 못하고 입학 후 한 학기 동안 등교를 거부했던 적이 있었다. 아침에 학교에 간다고 말했지만 학교에 가지 않았다. 등굣길에서 방황하고 있으면 담임 선생님이 부모님께 연락했고 아빠는 온 동네를 뒤지며 나를 찾아다녔다. 그렇게 아빠가 나를 발견하면 학교에 보내봤자 다시 뛰쳐나올 게 뻔할 테니 사무실로 데려가 점심을 먹이고 집으로 보냈다.

그러던 어느 날은 아빠가 사무실로 가는 방향이 아닌 높은 산길로 차를 몰았다. 친할머니의 산소가 있는 곳이었다. 산소 앞에 돗자리도 깔지 않고 잔디에 앉아서 담배만 연거푸 피워대는 아빠 옆에서 몇 분간을 말도 하지 않고 뻘쭘하게 앉아 있었다. 학교에 가지 않겠다는 딸과 어떻게든 학교를 보내야 하는 아빠. 우리 부녀는 이러지도 저러지도 못하고 서로의 속만 태우고 있었다. 아빠는 이내 입을 열었다.

"학교 가는 게 그렇게 싫어?"

"응."

"딸아, 인생이 어떻게 쉽기만 하니. 아빠가 이 나이를 먹어도 어려운 게 인생인데 14살에 벌써 모든 걸 포기하려고 하면 어떡해."

"그래도 나는 힘들어."

"알아, 너 힘든 거."

학교에 가는 게 당연할 나이에 고집을 부렸다. 내 의견이 옳다고 생각하니 아빠의 말이 들릴 리 없었다. 아빠는 자신의 어머니 산소를 잠시 바라보다가 자리에서 일어났다. 아빠의 표정이 그 어느 때보다 착잡해 보였다. 그 이후로도 애타는 아빠의 마음보다 학교가 무서운 마음이 커서 회피의 태도를 보였지만 어느샌가 모든 것이 제자리를 찾아가고 있었다. 그 시절 혼남은 있었으나 강행은 없었다. 아빠 역시도 속이 타들어 가기 매한가지였으나 내가 괴로워하는 것보다 더한 마음은 없었기에 우리 부녀는 아주 천천히 움직이고 있었다.

학교에 가지 않고 친할머니 산소에 갔던 날이 아직도 떠오른다. 왜 그곳에 갔는지. 왜 그곳에서 뻐끔뻐끔 줄담배를 피웠는지. 아빠의 마음을 알아도 받아들일 수는 없었던 그 어린 마음 가운데, 아빠도 당시 도움이 필요했을 것 같다.

나이를 먹어도 어려운 게 인생이라는 아빠의 말에 동감한다. 우리는 설득을 해야 하는 입장이 될 수도 납득을 해야 하는 입장이 될 수도 있다. 그리고 적당히 타협해야 하는 순간도 오고 자연스럽게 이해가 되는 순간도 찾아오지만 그 과정을 살아가는 우리로선 때론 기댈 구석이 필요하다. 아빠가 돌아가신 후에 마음이 답답하거나 힘든 일이 생겼을 때 아빠 납골당을 찾아가는 나를 보며 알았

다. 자식의 방황에 아빠도 방황했구나. 많이 서글펐구나. 기댈 구
석이 아빠도 절실히 필요했구나.

애틋하게 안녕

슈크림 빵 소동

디저트로 대개 크림이 올라간 빵 종류를 좋아한다. 달콤한 게 당길 때 크림이 듬뿍 올라간 빵을 많이 먹었다. 어렸을 때는 주로 노란색 슈크림이 들어간 빵을 자주 찾았는데 가장 좋아하거나 맛있는 건 아껴뒀다가 맨 마지막에 먹는 습관이 있었다.

사건이 있었던 그날은 슈크림 빵을 그렇게 아껴뒀던 날이었다. 집에 여러 빵이 있었는데 슈크림 빵을 골라 책상 위에 올려두었다.

학교에 다녀와서 출출할 때 먹을 생각이었다. 학교가 끝나갈 시간에 가까워질수록 슈크림 빵을 먹을 생각에 신이 났다. 배고픈 걸 꾹 참고 빵을 먹기 위해 달려왔는데 책상 위에 있어야 할 빵이 없었다. 내 슈크림 빵을 먹은 범인은 아빠였다. 아빠는 내가 먹으려고 아껴둔 빵인 줄 모르고 먹었다고 해명했으나 단단히 삐친 내 마음이 쉽게 풀릴 리 없었다. 아빠에게 왜 내 빵을 먹었냐고 짜증 섞인 투로 소리를 지르곤 종일 대화도 하지 않았다. 엄마는 아빠에게 왜 애 빵을 먹어서 이 사단을 만드냐고 구박했고 나에게는 또 사 먹으면 되지 너는 도대체 왜 그러냐고 혼을 냈다. 아빠나 나나 괜스레 억울한 마음이 드는 건 마찬가지였다.

그다음 날 아빠는 슈크림 빵을 사 왔다. 빵집에 있는 슈크림 빵을 다 갖고 온 건지 봉투에는 슈크림 빵이 한가득이었다.

"딸, 네가 좋아하는 슈크림 빵 사 왔다! 아빠가 빼앗아 먹었다고 그렇게 삐치냐."

아빠가 웃으면서 빵을 주는데 갑자기 웃음이 났다. 그러게, 그

빵 하나가 뭐라고 마음이 그토록 토라졌는지. 그날 이후로 아빠는 빵집에 들르면 항상 슈크림 빵부터 먼저 찾았다. 우리 딸이 좋아하는 거라고 말하면서. 나도 빵집에 가면 꼭 슈크림 빵을 샀다. 아빠가 좋아하는 거라고 말하면서. 그리고 우리 부녀는 슈크림 빵을 건네며 말하곤 했다.

"자, 아빠가 빼앗아 먹었던 거 갚는다."
"자, 아빠가 빼앗아 먹을 만큼 좋아했던 거."

우리 부녀는 작은 걸로도 치사하게 부딪히는 날이 많았다. 응당 아빠가 나를 넓은 마음으로 보듬어주는 것은 당연하게 여긴 반면, 나는 마음 넓게 구는 법이 없었다. 마음이 넓은 이에게 우리는 때때로 쩨쩨하게 굴지 않던가. 함께 너그러이 사랑했다면 좋았을 텐데 받아줄 품이 있다는 그 믿음이 때로는 우리를 더 어리광 부리게 만든다. 그 마음이 쌓여 미움처럼 여겨지고 사랑을 가려 옹졸해지곤 한다.

나는 그랬다. 나의 비빌 구석에게.

애틋하게 안녕

소면의 유무

먹는 거로 싸웠던 에피소드는 슈크림 빵 말고도 많다.

아빠의 베스트 야식은 엄마표 비빔국수다. 잘게 버무린 김치와 양념장을 섞어 만든 매콤 비빔국수, 간장과 참기름으로 간을 한 어린이 비빔국수. 아빠를 선두로 하여 우리는 자주 엄마에게 국수를 해달라고 했다. 엄마는 귀찮아하다가도 국수 한 그릇을 뚝딱 만들어주었다.

아빠의 국수 사랑은 엄마의 비빔국수에만 국한되지 않았다. 아빠는 국수를 좋아해서 남은 국물 요리에 소면을 넣어 끓인 적이 많았는데, 우리 가족 중 이를 좋아하는 사람은 아무도 없었다. 라면을 끓일 때 1인분은 소면을 넣어달라고 했던 적도 있었다. 물론 나는 소면을 넣으면 국물이 걸쭉해지는 걸 싫어했기 때문에 아빠의 말을 들어주지 않았다. 따로 끓여주려고 하면 그건 또 아빠가 싫다고 했다. 그 문제로 종종 투덕거리곤 했는데 어느 날은 아빠가 아예 의사도 묻지 않고 소면을 넣어버린 적이 있었다.

다 불어버린 면과 걸쭉해진 국물. 아빠에게 바로 먹지 않겠다고 맞받아쳤다. 소면을 맛있게 먹을 수도 있었지만 아빠 마음대로 했다는 사실에 갑자기 짜증이 솟구쳤다. 이런 사소한 일들에 우리 부녀는 틀어졌다. 아빠는 혼자 음식을 다 해치우고 남은 냄비와 그릇을 식탁에 그대로 내버려 뒀다. 늘 그런 식이었다. 다 먹고 남은 그릇을 아빠는 한 번도 주방 싱크대에 옮겨 놓은 적이 없었다. 누구보고 치우라는 것인지.

"먹는 사람 따로, 치우는 사람 따로야?"

신경질적으로 아빠를 대하다 뒷정리가 그리 남아 있을 때면 더 큰 화로 번졌다. 한바탕 부딪히고 난 뒤에도 아빠는 변하지 않았다. 여전히 국이 조금 남으면 소면을 넣어달라고 했고, 몰래 라면에 소면 한 줌을 넣어 끓였으며 뒷정리도 하지 않았다. 나 역시 소면을 넣지 않았고 뒷정리를 안 하는 아빠에게 싫은 소리를 잔뜩 늘어놓았다.

아빠와 참 많은 끼니를 함께했지만 마음까지 함께하는 게 어려운 날도 있었다. 아주 작은 것으로부터 균열이 일었다. 예를 들면 소면의 유무 같은 거 말이다. 이 말인즉슨 작은 것도 존중해 주지 못했다는 뜻이다. 반대로 작은 것만 양보해도 마음을 맞춰갈 수 있었을 텐데. 그렇게 우리 부녀도 엎치락뒤치락, 큰일에는 차라리 담대해졌으나 아주 작은 일에는 그만큼 마음을 작게 써버리곤 했다.

애틋하게 안녕

첫째가 잘해야 해

동생이 커가면서 아빠는 나에게 첫째로서의 모범을 보여야 한다고 강조했다. 동생이 말을 안 듣는 날에는 아빠는 동생보다 나를 붙잡고 이야기했다. 대개 네가 모범을 보여야 동생도 바른길로 따라간다는 취지의 이야기들이었다. 한창 사춘기를 지나고 있던 동생은 가족보다는 친구들과 있는 시간이 많았고 집에 와서도 방 안에서 게임을 하거나 혼자 시간을 보냈다. 아빠는 동생이 지나고 있는 시기를 이해하지 못하고 가족과 더 많이 어우러지기를 원했다.

"네가 그렇게 하는데 동생이 잘하겠니."

"네가 앉혀서 애 공부 좀 시켜라."

아빠가 이런 말을 하면 큰 갈등이 생기기도 했다. 잠자코 아빠의 말만 듣고 있지 않았다. 왜 나한테만 그러냐, 동생이 말을 안 듣는 게 내 잘못이냐, 나보고 뭐 어떻게 하라는 거냐 등등 한마디를 안 지고 대꾸한 다음, 동생에게도 화를 냈다.

동생의 부족한 모습이나 잘못된 행동이 아빠의 말에 따라 다 내 탓이 되는 게 억울했다. 내가 첫째가 되고 싶어서 된 건 아닌데 아빠는 왜 나한테만 그럴까. 첫째라고 꼭 그런 말을 들어야 할까.

둘만 낳아도 다자녀인 요즘 시대는, 아빠가 어렸을 때랑 조금 다른 부분들이 있을 수밖에 없다. 아빠가 어렸을 때는 한 가정에 4명에서 5명의 자녀가 있는 것이 보편적이었다. 그 틈에서 나고 자란 형제(남매, 자매)들끼리는 '대물려 주는 것', '보고 배우는 것'이 있었다. 그래서 첫째, 둘째, 셋째, 넷째, 막내라는 틀 안에 자연적으로 맺어지는 역할 관계가 있었고, 어쩌면 아빠 역시도 첫째로부터 바른 모습이 줄 세워지길 바라는 모습을 기대했을 수도 있다. 결국 자식들 모두 '잘되라고' 하는 아빠만의 표현이었을 수 있으나 당시에는 나도 어렸기에 서러운 마음을 어찌할 도리가 없었다.

엄마와 아빠는 늘 그랬다.

엄마 아빠가 언제까지 너희 옆에 있을 것 같냐고. 결국 남는 건 나와 동생 너희 둘뿐이라고. 그러니 사이좋게 지내야 하고, 하나뿐인 동생을 잘 이끌어주라고.

이 말 하나로 조금 이해해 보는 것이다.

아빠의 다그침이 '첫째'에게 향하는 순간을 나는 아직도 제대로 이해할 수는 없지만 걱정이 되면 조급해지고 조급해지면 다그치게 된다는 것을. 그리고 자식에게는 그 마음이 더 커질 수밖에 없다는 것을 말이다.

애틋하게 안녕

갚아야 하는 일

20살, 대학교를 자퇴했다. 갑자기 학교를 자퇴하겠다는 선언에 온 집안이 발칵 뒤집혔다. 딸이 처음으로 부모님의 기대를 저버리는 일이었기에 우리 집에서는 꽤 충격적인 사건이었다. 전공이 나와 맞지 않았고 공부할수록 회의감이 들어 더 늦기 전에 진로를 다시 정하는 것이 현명할 거라고 판단했다. 그러나 문제는 부모님의 허락을 받는 일이었다.

자퇴란, 하고 싶다고 해서 마음대로 할 수 있는 게 아니었다. 담당 교수님과의 면담부터 시작해서 등록금 반환을 위한 부모님 동의 절차까지. 일단 부모님께 상의를 드리는 게 우선이었는데 도무지 부모님이 허락해 주시지 않을 것 같았다. 이번에는 나도 내 의견이 확고했기에 초강수를 두는 수밖에 없었다. 방법은 '가출.' 두장 정도 되는 편지를 써두고 집을 나왔다. 엄마가 편지를 확인했는지 일하다 말고 나를 찾으러 다녔다. 아빠도 마찬가지였다. 전화기를 꺼두고 친구 집에 숨어 있는데 엄마 아빠는 물론이거니와 사촌에게까지 연락이 왔다. 오후가 되자 학과 동기들이 연락을 해왔다. 영문을 모르는 학과 동기들은 나에게 무슨 일이 있었는지, 어디가 아픈 건지 물었다.

사실 이렇게까지 일을 크게 벌일 생각은 없었는데 이렇게 안 하면 부모님의 허락을 받을 수 없을 것 같았다. 아빠는 밖에서 내 자랑을 하고 다녔고 딸에 대한 기대가 있는 사람이었으니까…. 때로는 그런 아빠가 이해되지 않았고, '알아서 잘하는 딸'이라는 프레임이 부담스러웠다. 가출을 한 지 3일째가 되던 날에도 주변 사람들은 계속해서 연락을 해왔다. 그리고 그중에는 아빠가 울고 있다는 소식도 담겨 있었다.

아빠가 울었다는 사실에 마음이 흔들려 결국 그날 밤 집으로 들어갔다. 집에 가는 내내 비가 많이 내렸다. 우산이 없었지만 굳이 우산을 사고 싶지 않았다. 빗속을 천천히 걸어가는데 답답한 마음이 조금 씻겨 내려가는 것 같았다. 비를 맞고 걷는 내내 혼이 나면 어쩌지 하는 생각과 그래도 내 의견을 굽히면 안 된다는 생각 사이에서 마음이 부대꼈다. 현관문을 열자마자 엄마가 보였다. 엄마는 나를 가만히 보더니 고개를 돌렸다.

"밥은 먹었니?"

엄마는 주방으로 향했고 아빠는 나를 바라볼 뿐 아무 말도 하지 않았다. 엄마는 내가 집에 없는 동안 아빠가 내 방에서 한참을 울었다고 알려주었다. 그 이후로 우리 가족은 며칠 동안 어색하게 지냈다. 여전히 확고한 나를, 아빠는 며칠 뒤 집 근처 호프집으로 불렀다.

"꼴통."
"뭐?"

"네가 결정한 거지?"

"응."

"그래. 네가 결정한 거니까 그렇게 해.

대신 너의 선택에 절대 후회하지 마."

나는 그다음 날 바로 자퇴했다.

보여주고 싶었다. 내가 잘 살면 결국 나의 선택이 옳았다는 것을 부모님도 알아주시지 않을까 하고. 당시에는 내가 먼저 용기 낸 줄 알았는데, 그래서 호기롭게 가출도 하고 그 난리를 피웠는데 결국 후회하지 말라는 아빠의 한마디에 용기를 얻었다. 삶에 있어 아빠는 어른이었고 나는 어른스러웠을 뿐이다. 자식 이기는 부모가 없다면 자식은 부모에게 갚아야 할 것들이 있다. 후회하지 않을 정도로 최선을 다하는 삶, 잘 사는 것으로.

그날 이후로 지금까지 나의 인생 모토는 여전히 '후회하지 않는 삶'이다.

아빠의 호흡

시험을 볼 때 내가 가장 잘하는 것은 무작정 외워서 정답을 찾는 일이었다. 덕분에 암기과목에는 능했으나 응용을 요구하는 문제에는 어려움을 겪었다. 아빠는 늘 나에게 할 줄 아는 게 공부밖에 없으니 공부를 많이 해야 하는 업을 찾아가라고 말했다. 때때로 나에게 국가시험 준비를 권하기도 했다. 시험을 보면 '우수한 성적'을 거둬내는 내가 아빠에게는 자랑이었으나 그건 내 머리가 좋아서가 아니라 노력이 뒷받침할 때가 많았다. 그런 아빠에게 나의 우수

한 성과는 의심할 여지없이 우리 딸이라면 받을 수 있는 당연한 결과로 여겨졌다. 못하는 사람은 한 번 잘하면 칭찬을 듣지만 잘하던 사람이 한 번 못하면 그것만큼 크게 돌아오는 실망이 없지 않던가. 나에게는 늘 후자의 상황이 적용되었다.

직장을 다니며 전공 승급시험을 준비하던 때에 아빠는 시험공부를 잘하고 있냐고 물었고 주말마다 인터넷 강의를 듣고 있으면 잠깐 지켜보다가 조용히 방을 나가곤 했다. 시험을 앞두고 예민해진 나에게 아빠는 응원이랍시고 너는 시험 볼 때 항상 운이 따르니까 잘 볼 거라는 말을 건넸다. 그 말이 문제였다. 잘 볼 거라는 말보다 운이라는 단어에 마음이 식어버렸다. 공부하는 걸 봤으면서 운이라니. 승급에 성공했을 때도 아빠는 단번에 "그것 봐, 붙는댔잖아."라는 말만 할 뿐이었다. 마치 다 예견된 일인 것처럼. 과정을 행하는 나로선 내 노력을 봐주지 않는다는 느낌을 받았다. '직장 다니면서 공부하느라 고생했다.' 이 한마디만 들었어도 참 좋았을 것을. 그런 말을 들을 때마다 왜 그렇게 말을 하냐며 신경질적으로 대꾸했다. '힘든 과정은 역시 나밖에 모르고 홀로 해내야 하는 거구나.'라는 서러움이 생기기도 했다.

나를 가장 잘 알 것 같은 사람이 때로는 나를 제일 잘 모르는 것처럼 가족 간에도 마음을 쉽사리 이해해 줄 수 없을 때가 있다. 기름칠을 한 것처럼 매끈하게 지나가는 날도 있으나 우리 부녀에게도 부속들이 낡아 삐거덕거리는 날도 있었다.

나의 삶은 곧 아빠의 호흡이었다. 내가 잘 안 풀릴 때는 아빠도 함께 숨죽였다가, 잘 풀릴 때는 동네방네를 헐떡이며 자랑하고 다니는. 아빠를 안다면 나를 모르는 사람은 없었다. 아빠의 지인분들은 항상 나를 보면 이렇게 반겨주셨다.

"네가 걔구나."

맞다. 아빠의 들숨이자 날숨이었던 호흡, 걔.

벽 하나를 사이에 두고

    살다 보면 한 번쯤은 부모와 자식 간에 서먹한 시기가 찾아온다. 그 시기를 우리 부녀도 피하지 못했다. 엄마가 생계 전선에 뛰어들면서 아빠와 내가 단둘이 집에 있는 시간이 많아졌다. 나는 집에서도 나만의 시간과 공간이 필요한 사람이었고, 아빠는 가족 구성원이 집에 있을 때만큼은 함께 시간을 보냈으면 하는 사람이었다. 그래서 우리 부녀가 단둘이 있을 때면 나는 방에 박혀 있기 바빴고 아빠는 거실에서 나를 불러내기 바빴다.

벽 하나를 사이에 두고 우리 부녀의 신경전은 계속됐다. 방에서 자는 척을 하고 있으면 아빠는 내 방의 벽을 일부러 두드렸다. 그게 통하지 않으면 아빠는 나에게 전화했고 내가 전화를 받지 않으면 엄마에게 전화해서 엄마가 나에게 잔소리를 하게끔 만들었다. 엄마는 나에게 아빠랑 좀 놀아주라고 하는 식이었다. 정말 유치찬란. 그렇게 부르면 방을 나올 법도 한데 언제나 지치는 쪽은 아빠였다. 곧 죽어도 벽 하나를 사이에 둔 채, 아빠와 함께하는 시간보다 나만의 시간을 택했다.

엄마가 퇴근하면 나는 그제야 거실로 나갔다. 아빠는 거실로 나오는 나를 보면 서운한 티를 팍팍 냈다.

"아빠가 부를 땐 안 나오더니 엄마 오니까 쪼르르 나오냐."

일주일… 한 달… 석 달… 일 년. 꽤 긴 시간을 아빠와 그렇게 지냈다. 어느 순간 아빠는 내가 방에서 나오지 않으면 나를 부르는 것을 그만두고 TV만 가만히 바라봤다. 주로 아빠가 보는 프로그램은 자연에서 사는 사람들의 이야기, 낚시, 동물과 관련된 이야기들

이었다. 아빠는 그런 프로그램들을 보고 나면 꼭 한마디를 덧붙였
다.

"아빠도 저기 가고 싶어."

그 말이 진심이었다는 건 시간이 흐른 뒤에 알았다. 아빠가 산골
마을에 사는 친구에게 자주 찾아가던 때가 있었다. 그분에게 가서
아빠는 유유자적 이런 산골에서 살고 싶다는 말을 해왔다고 했다.
자신의 거처가 될 자리를 알아봐 달라고. 이런 이야기들을 우리 가
족은 나중에서야 전해 들었다. 결과적으로 아빠는 산골 마을로 들
어가지 못했다. 들어가지 않았다는 표현이 맞을 것 같다. 아빠한테
는 시원한 자연의 잎새 소리보다 현관문을 열고 들어오는 가족의
발소리가 더 좋았을 테니까.

종종 사람 때문에 퍽퍽하고 외로운 시간을 보내지만 사람의 품
을 떠나지 않는 이들이 있다. 어쩌면 그들이 품을 떠나지 않았다는
표현보다 그저 우리에게 품이 되어주고 자리를 지켰다는 표현이
더 어울릴지도 모른다. 되돌아보면 아빠 역시도 그렇다.

아빠가 다가오면 그 다가오는 길을 없애기 바빴던 무정함에게 말해본다.

계속 어긋날수록 헤매는 시간이 길어진다.

사랑한다면, 정말로 사랑한다면 덜 헤맬 수 있게. 부디 쓸 마음은 많고 시간은 늦지 않게.

애틋하게 안녕

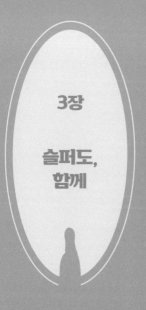

3장

슬퍼도,
함께

애틋하게 안녕

고장 난 창문과 발병 사이

아빠의 병을 처음 알게 된 건 2019년 5월이었다. 저녁 8시쯤 퇴근을 하던 길에 엄마에게 급히 전화가 왔다.

"월아, 아빠가 많이 아파. 지금 당장 큰 병원으로 가야 해서 그리로 가는 중이다."

3개월 전만 해도 건강검진에서 아무런 문제가 없었는데 갑자기 큰 병원으로 가야 할 정도라니, 퇴근하자마자 작은아빠와 함께 병원으로 이동했다. 작은아빠는 조심스레 나에게 물었다.

"아빠 어디 아픈지 알지?"

알고 있었다. 아빠가 암 소견을 받은 상태라는 것을. 그 한마디 이후로 작은아빠와 나는 별다른 말을 하지 않았다. 소견일 뿐이니까, 큰 병원에 가서 검사하면 결과가 달라질 수도 있으니까. 그때까지만 해도 그렇게 생각했다. 병원 입구에 들어서자 저만치 서 있는 아빠가 보였다. 장신에 두툼한 체격. 누가 봐도 우리 아빠인데 우두커니 서 있는 모습이 낯설었다. 아빠는 각종 정밀검사를 위해 입원해야 했고 나는 그런 아빠에게 집에서 챙겨 온 생필품들을 전해주었다. 병원 안은 북적거렸다. 아빠는 가만히 내 손을 잡고 응급실을 지나 흰 복도를 걸었다.

"아빠 괜찮을 거야. 걱정하지 마."

아빠는 옅은 미소를 보여주고는 더 이상 아무 말도 하지 않았다.

병원 밖으로 나와 담배 하나를 피고 나서야 아빠가 입을 뗐다.

"월아, 어서 가."

작은아빠는 아빠의 차 키를 받아 들었다. 차를 타고 오는 내내 우두커니 서 있는 아빠의 모습이 계속 아른거렸다. 달리는 차 안에서 나는 창밖만 바라보았다.

'우리 아빠 열심히 살았어요. 열심히 안 살았으면 미웠을 텐데….'

병원에 혼자 있을 아빠를 생각하니 측은함이 밀려왔다. 운전하던 작은아빠는 창문을 내렸다. 그리고 몇 분 뒤 창문을 올리는데 창이 제자리로 닫힐 생각을 안 하고 삐뚤빼뚤 움직이기만 했다. 내려가기는 잘 내려가면서 올라올 때는 손으로 밀어주어야 제자리를 찾는 고장 난 저 녀석. 닫히지 않는 창문 틈 사이로 하필이면 밤의 시린 공기가 계속 들어왔다. 작은아빠는 당황한 기색이 역력했다.

"윌아, 창문 왜 이러니, 원 참…."

그러게. 이게 무슨 일일까.

며칠 뒤 아빠는 직장암 4기 판정을 받았다.

아빠는 차 안의 망가진 창문을 올릴 때 한 손으로 틀을 잡아주며 올렸다. 한 손은 수동, 한 손은 자동. 그런 아빠의 모습이 익숙했고, 능숙하게 창문을 올리니 대수롭지 않게 생각했다. 아빠의 발병을 확인하고 나서야 그 창문이 고장 난 창문이라는 걸 다시금 깨달았다.

사람들이 왜 삶에 엉뚱한 복선을 찾는지 조금은 이해가 되는 순간이었다. 고장 난 창문과 아빠의 병 사이에는 아무런 인과관계가 없었지만 나 역시도 믿기 힘든 마음을 덜기 위해 이리 엉뚱한 복선을 찾으니. 애석하게도 그렇게 마주할 수밖에 없는 현실이었다.

항암치료의 진짜 부작용

아빠의 투병 생활이 시작되었다. 병원에서는 치료받기 전 몇 가지 사항을 알려주었다. 현재로선 수술이 불가능한 상태라는 것. 완치 역시 희박하다는 것. 아빠는 그렇게 시한부 환자가 되었다.

속이 매스껍고 토를 하고 살이 빠지고 또 머리카락이 뭉텅이로 빠지는 항암치료의 부작용들은 이미 널리 알려져 있었다. 그 부작용이 눈앞에서 벌어질 거란 생각을 했을 때, 아빠는 담담히 병원으로 발걸음을 옮기고 있었다. 2주에 한 번씩 항암치료와 검사를 반복하는 동안 아빠는 여느 환자에 비해 씩씩했다. 항암치료를 안 받는 주에는 평소와 다름없이 사무실에 나갔다. 처음 항암치료를 받을 때는 매스꺼움만 있을 뿐 괜찮다고 이야기했다.

하지만 항암치료를 여러 번 거듭할수록 아빠의 체력은 점차 떨어지기 시작했다. 항암치료를 받고 나오면 한동안은 침대 위에서 일어나지 못했다. 일어나지 못하는 기간은 하루, 이틀 그리고 사흘이 되기도 했다. 부작용은 점점 심해졌다. 아빠는 밤이고 새벽이고 화장실로 뛰어 들어가 헛구역질을 했다. 특히 모두가 잠든 새벽에 그럴 때면 식구들은 잠에서 깨기 일쑤였다. 온 집안이 떠나갈 듯한 구역질 소리, 화장실과 제일 가까웠던 방 안의 나는 그 소리가 무섭기도 했고, 화들짝 놀라기도 혹은 지겹기도 했던 것 같다.

롤러코스터를 타는 듯한 일상이었다. 아빠가 격주로 항암치료 결과를 보러 가는 날이면 그 하루가 온종일 불안의 시간이었다. 그런 날 엄마와 아빠는 나에게 문자를 남겼다. 어떤 날은 [암 크기가 줄어들었다네], 어떤 날은 [그대로네] 등 효과가 조금이라도 있다

는 소식을 전해 들으면 그나마 마음이 놓였다. 아빠도 그런 날만큼
은 더욱이 힘을 내고 치료에 임했다. 그리고 어떤 날에는 엄마 아
빠에게서 문자가 안 오거나 집에 와서 이야기하자는 문자가 남겨
져 있었다. 결과가 안 좋을 거라는 예상. 엄마는 집에 도착한 나를
따로 불러 그 예상이 맞았다는 것을 확인시켜 주었다. 그런 날이면
아빠는 일찍 잠이 들거나 거실에서 조용히 TV를 보고 있었다. 그
리고 그런 아빠에게 식구들은 밝게 다가갔다.

"괜찮아. 치료 계속 받으면 되지. 기운 빠지면 어떡해."

항암치료의 부작용은 따로 있었다. 구토나 탈모뿐만이 아니었다.

자꾸만 희미해지는 희망과 짙어지는 불안이 가장 큰 부작용이었
다. 그 부작용은 비단 환자뿐만이 아니라 주변 식구가 함께 견뎌내
야 하는 것이다. 한 명이 우울해지면 한 명이 밝게 치켜세워주고,
한 명이 무력해지면 한 명이 다시 씩씩하게 북돋아 주고.
결국 마음은 슬픔으로 다 똑같을지라도. 가족이 남보다 못할 때
도 있으나 똘똘 뭉치면 애써 덮어갈 힘이 생겼다.

감수해야 하는 행운

아빠의 첫 번째 항암치료는 1년 6개월 만에 끝이 났다.

효과가 없으면 항암제를 바꿔야 한다. 아빠에게도 내성이 생겼다. 좋다는 신약은 이미 첫 번째 항암치료에서 다 썼기에 별다른 방법이 없었다. 그래도 1년 6개월 동안 쓰러진 적 없이 잘 버텨준 덕에 의사는 아빠를 대단한 사람이라고 말했다. 아직 항암치료를 받을 체력이 남아 있었고, 아빠의 유전자와 맞는 약을 찾아가며 두 번째 항암치료를 준비했다.

아빠는 사실 기존에 다니던 큰 병원을 1년 정도 다니다 중간에 다른 병원으로 옮기게 되었다. 기존 병원에서는 입원 치료를 받아야 했지만 옮긴 병원에서는 입원 외에도 항암제를 몸에 달아 주면 집에서 치료를 받을 수 있었다. 아빠는 입원이 아닌 통원 치료를 택했다. 아프면 사랑하는 사람들이 더 그리워지는 법이다. 지독한 항암제보다 때로는 마음이 더 외롭지 않았을까. 아빠의 통원 치료 선택에는 다 그만한 이유가 있다는 것을 우리 가족은 알고 있었다. 병원에서 항암제를 달고 나오면 아빠는 3일간 기절한 것처럼 수면만 취했다. 환자의 체력도 떨어지기 마련이지만 항암치료 약이라는 것도 첫 번째와 두 번째의 효과 차이가 난다. 회차를 거듭할수록 효과가 미미해진다. 끝내 두 번째 항암치료는 3개월 만에 효과를 잃었다.

당시 상태로선 아빠의 병을 낫게 하기 위해 노력할 수 있는 게 아무것도 없었다. 항암치료가 중단되자 아빠는 식이요법에 더 신경 썼다. 체력을 보충하기 위해 죽기 살기로 먹었고, 비워내는 일이 있더라도 끼니를 거르지 않으려고 했다. 그리고 항암에 좋다는 차가버섯을 우려 늘 물처럼 마시고 다녔다. 어떤 지인은 아빠에게 차가버섯을 상자째로 보내주기도 했고, 한 번은 엄마와 함께 화천에서 버섯 한 가마니를 사 오기도 했다.

살아내기 위해 발버둥을 치는 것을 알았는지 아빠에게 치료받을 수 있는 기회가 한 번 더 찾아왔다. '임상실험', 신약 개발에 필요한 임상실험 대상자가 되는 것이었다. 아무나 될 수 있는 기회가 아니었지만 불안했다. 전국에서 손에 꼽히는 대상자. 아빠는 말했다.

"뭐라도 해 봐야지."

'어느 날', '한순간'이라는 단어가 무섭게 느껴지는 이유는 막을 수 없는 불행이라는 게 존재하기 때문일지도 모른다. 지독한 병 앞에 노력이라는 두 글자가 힘을 잃곤 하지만 살기 위해서는 뭐라도 해야 했다.

어느 날, 한순간에 찾아온 천재지변 같은 불행을 우리는 이겨낼 힘이 있다는 것을 믿어야 하고 그 믿음을 강행하는 것 또한 우리에게 주어진 삶이 아니었을까.

손에 꼽히는 대상자가 되는 일, 우리는 그것을 '감수해야 하는 행운'으로 불렀다.

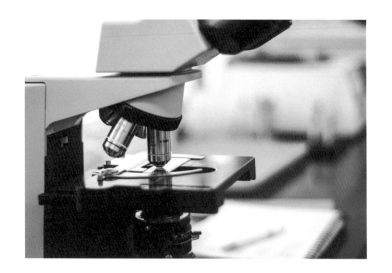

애틋하게 안녕

나의 밤톨 머리 아저씨

아빠는 임상실험을 위해 각종 검사를 받고 수십 장에 달하는 설명서를 읽으며 동의서를 작성했다. 처음 항암치료를 받을 때보다 마음이 더 조마조마했다. 그래도 아빠는 끄나풀이라도 잡는 심정으로 이 모든 과정을 겪고 있었다. 항암제별로 부작용이 다른데 이 임상실험 약은 탈모가 주 부작용이었다.

어느 날 화장실에서 아빠의 비명이 들렸다. 머리를 감던 중 뭉텅

이로 빠진 머리카락을 보며 아빠는 충격에 빠진 듯했다. 머리카락
은 물론 눈썹 털부터 시작하여 온몸 군데군데 털이 빠졌다. 어렸을
때부터 눈썹을 만지고 자는 습관이 있었던 나는 아빠 눈썹을 만지
곤 했는데 이런 사소한 일들도 우리에게 조심스러운 일이 되었다.

아빠가 처음 민머리 아저씨가 되었을 때 우리는 아빠를 무지하
게 놀렸다.

"아빠 이상해. 못생겼어."

시간이 지나 1mm도 안 되는 머리카락이 올라올 때는 아빠 머리
를 자주 쓰다듬었다. 그때쯤 아빠는 민머리 아저씨에서 밤톨 아저
씨가 되었다. 멀리서 아빠가 보이면 달려가 아빠를 안거나 손을 잡
기보다 머리를 먼저 매만졌다. 얼핏 보면 자식이 부모 머리를 쓰다
듬는 것이 참 버릇없어 보여도 여전히 아빠를 사랑한다는, 오래도
록 우리 옆에 있어 달라는 표현 방식이기도 했다. 그냥 가만히 아
빠 머리에 볼을 대고 있을 때도 있었다.

아빠는 이제 누가 봐도 역력한 환자였다. 그전에는 쇄골 부근에 있는 혈관 루프가 보이지 않으면 환자인 줄 모르는 사람도 있었는데 이제는 살이 빠지고 매일 같이 모자를 쓰고 다녀 초면인 사람이 봐도 아픈 환자인 게 확 티가 났다. 아빠가 암 환자가 되고 난 이후부터 아침마다 빼놓지 않던 모닝 루틴이 있었다. '체중 재기' 아빠는 체중을 재는 일을 소홀히 하지 않았다. 처음에는 80kg 후반을 유지하는가 싶더니 80kg 초반대로 내려가기 시작했다. 아침에 한 번, 식사하고 나서 한 번, 잠자기 전 한 번. 날마다 변하는 체중을 아빠는 무서워했다. 몸무게가 조금이라도 증가한 날에는 아빠가 체중이 늘었다며 좋아했는데 나는 찬물을 끼얹기 일쑤였다.

"아빠 방금 뭐 먹었잖아. 화장실도 안 다녀왔으면서."

아빠도 모르는 게 아니었을 텐데. 속는 셈 치고 같이 좋아해 줄걸.

임상실험은 큰 문제없이 3~4개월간 진행되었다. 그리고 3~4개월 만에 효과를 다해 더 이상 치료가 불가했다. 치료를 받을 수 없고, 수술도 받을 수 없고, 당시 아빠는 시들어가는 몸을 이끌고 병든 친할아버지까지 모시고 있었다. 자기 몸도 아픈데 아빠는 할아버지 댁을 매일같이 오고 갔다.

"아빠는 할아버지보다 먼저 가지 않을 거야. 아빠가 어떻게 해서든 할아버지 마지막 가는 길까지 배웅해 드릴 거야."

사랑하는 나의 밤톨 머리 아저씨는 언제든 나에게 머리와 눈썹을 내어줬다. 아빠는 훌쩍 커버린 딸의 배냇짓과 마치 머리를 수정 구슬 대하듯 만지는 버릇없는 장난까지도 받아줬다. 까슬한 머리 위에 볼 한 번 비벼보고, 다 빠진 눈썹에 타투를 그려주면서 웃는 날을 만들어 가며. 서로의 인생을 마다하지 않고 고통 속에 미덕을 찾아간다면 쇠약하지만 영글어갈 수 있으리라 믿었다.

슬픔과 시간이 고이는 자리

사골국, 계란말이, 딸기.

할아버지께서 잘 드시던 음식들이다. 아빠는 아픈 몸을 이끌고 오전 6시쯤 할아버지 댁에 가서 매일 사골국을 끓였다. 엄마는 저녁에 아빠와 딸기를 사 들고 가서 계란말이를 했다.

아빠가 투병 생활을 하던 때, 할아버지의 건강도 심상치 않았다. 할아버지의 신장은 제 기능을 할 수 없었고 치매까지 발병되었다. 할아버지는 자주 어린아이가 되어 아빠에게 소리를 지르고 이른 새벽 집을 나가곤 하셨다. 어느 날은 경찰서에서 전화가 왔다. 할아버지가 택시를 타고 어딘가에서 내리셨는데 길을 잃어 신고가 된 모양이었다. 또 어느 날은 할아버지가 집을 나가 의류 수거함에 버려진 이불을 덮고 길에 앉아계시기도 했다. 그런 할아버지를 찾아다니는 건 언제나 아픈 아빠 몫이었다. 3남 1녀 중 둘째, 다른 형제들은 지방에 살거나 왕래를 잘 안 하거나 일이 바쁜 식이었다. 아빠는 잠도 제대로 자지 못했다. 밤새 구토를 하고 겨우 눈을 붙이려고 하면 새벽 4시부터 할아버지가 전화를 해서 아빠에게 언제 오냐고 물었다. 참다못한 아빠가 수화기 너머로 소리를 지를 때도 있었다.

"아버지, 대체 왜 그러세요. 지금 새벽 4시야. 내가 조금 있으면 가잖아요!"

할아버지의 의식은 날이 갈수록 자주 흐려졌고, 아빠는 비가 오나 눈이 오나 할아버지에게 달려갔다. 일하다가도, 밥을 먹다가도.

할아버지의 기저귀를 갈러… 할아버지가 더럽힌 집을 치우러…
끼니를 챙겨드리러… 사라진 할아버지를 찾아다니러….

그런 아빠를 지켜보고 있자니 너무 화가 치밀어 올라 고모에게
연락을 드렸던 적이 있었다. 아주 작은 시발점이었다. 아빠가 저
녁에 들어와 다 차려진 밥상에서 밥을 한 숟갈 뜨려고 하는데 할아
버지의 전화 한 통에 바로 뛰어나가 버렸다. 홀로 남겨진 식탁 앞
에서 상기된 표정으로 아빠의 숟가락을 바라보고 있자니 분통함이
올라왔다. 고모에게 시한부 환자가 저렇게 혼자 애쓰는 게 말이 되
냐며 할아버지도 중요하지만 나도 내 아빠가 중요하다고 문자를
남겼다. 그 연락 이후로 고모는 한 달간 할아버지 댁에 머물렀다.
당시 고모는 건설 현장 노동자들에게 식사를 제공하는 식당을 운
영하고 있었기에 시간적인 여유가 없었다. 고모는 자주 미안하다
고 했다. 사는 게 바빠서 그랬다며. 그 마음을 이해하지 못했던 건
아니었다. 그러나 내 눈에는 우리 아빠가 더 불쌍했다. 아빠가 가
족을 끔찍이 생각하는 그 마음이 때로는 너무 불쌍했다.

이후 할아버지는 폐암 증세를 보였고 병원에 이송되는 날이 많

아졌다. 코로나 시국이라 호흡곤란에 발열 증상까지 있으면 받아주는 병원도 없었기에 발을 동동 굴렀던 날도 많았다. 할아버지는 큰 병원에 일주일 정도 계시다 요양병원으로 옮겨진 지 16일째가 되던 날 세상을 떠나셨다. 할아버지의 임종을 볼 수 있는 사람은 없었다. 아빠와 엄마 그리고 뒤따라 친척들이 병원으로 갔지만 입구에서 코로나 검사가 발목을 잡았다.

슬픔과 시간이 동시에 고이는 자리가 있다. '상실'

상실의 자리에는 더한 슬픔과 흐르지 않는 시간이 쌓인다. 웅덩이에 쌓인 것은 말이지, 어딘가로 흘려보내는 것이 아니라 마르기를 기다려야 한다. 쌓인 그 자리에서 할 수 있는 일은 그뿐이다. 아빠와 엄마가 할아버지 앞에 섰을 때 삐 소리가 울렸다는 이야기를 들었다. 언제 마를지 모르는, 어쩌면 마르지 못할 슬픔과 시간이 고인 자리에서 배웅이란 다 큰 어른들에게도 어려운 일이었다.

　애틋하게 안녕

배웅 뒤 남은 사람들

할아버지의 장례식 첫날, 나는 아빠 곁을 지켰다. 저녁 즈음 아빠는 자리에 앉아서 고단한 숨을 내쉬었다.

"우리 아버지 이제 딸기도 못 먹네."

할아버지가 생전에 찾던 유일한 과일, 딸기. 치매에 걸린 할아버지는 정신을 차리는 날이면 딸기를 드시다가 젓가락을 아빠 쪽으로 두었다.

"먹어. 먹고 얼른 나아. 살아야지."

할아버지도 아빠가 아픈 걸 알고 계셨다. 그래서 정신이 돌아올 때면 아빠를 보고 우셨다. 노쇠한 할아버지가 아빠를 위해 해줄 수 있는 일은 정신이 들 때마다 젓가락을 아빠 쪽으로 돌려주는 일이었다.

4남매 중 우리 아빠는 할아버지의 외모를 제일 쏙 빼닮은 자식이었다. 함께 찍은 사진을 보면 아빠가 어떻게 늙어갈지가 보일 정도였다. 그게 문제였다. 아빠가 할아버지를 너무 닮은 탓에 아빠 대신 들어간 입관식에서 우리는 너무 많이 울어야 했다. 누워계시는 할아버지의 모습에서 아빠가 보였다. 주먹을 꽉 쥐고 고개를 숙였다.

3일 내내 아빠 곁을 지키며 솔직히 할아버지 배웅을 해드리는 것보다 아빠의 표정을, 안색을, 몸짓을 지켜보는 게 나에게는 더 중요했다. 아빠가 누우면 다리를 주무르고, 앉아 있으면 팔을 매만지며 옆에 있고, 아빠가 뒤편에서 설명해 주는 사람들의 이야기를 귀담아듣고.

장례를 치르고 집으로 돌아와서야 할아버지를 떠올릴 수 있었다. 떠오르는 게 별로 없었다. 딱 하나, 내가 중학생 때 아빠가 지방으로 출장을 가서 잠시 아빠와 따로 지냈던 적이 있었다. 그때 엄마랑 할아버지 댁에 간 적이 있었는데 집에 가려고 밖에 나올 때쯤 할아버지가 맨발로 뛰어나와 내 이름을 불렀던 게 기억이 났다. 그러고선 나에게 5만 원을 쥐여 주며 "과자 사 먹어, 아가."라고 말씀하셨다. 다른 건 다 기억이 안 나는데 맨발로 뛰어나오시던 모습이 그렇게 생각이 났다.

할아버지가 돌아가신 이후 우리 집에 변화가 생겼다. 온 가족이 방에서 나와 거실에서 이불을 깔고 같이 잤다. 자는 시간마저 아빠와 함께하고 싶은 마음이 생겼다. 조금이라도 더 아빠 곁에 있고 싶었다.

할아버지를 모시고 떠나보내며 아빠는 첫 번째 임상실험을 끝내고 두 번째 임상실험 대상자가 되었다.

장례를 치르면서 아빠가 웃는 순간이 있었다. 장례식장 옥상에 작은 불길이 치솟아서 조문객들과 유족들이 잠시 밖으로 대피했는데 아빠는 하늘을 바라보며 그랬다.

"아휴, 우리 아버지 마지막까지 고약하셔 정말."

고단했던 3일 동안 아빠가 웃을 수 있었던 유일한 시간은 아빠의 아빠를 추억할 때였다.

배웅 뒤 남은 이들은 지난 세월을 간직한다. 그래서 웃고, 또 그래서 우는 날도 있지만 남은 이들은 망각하지 않는다.

치료의 끝

어느 날 집에 들어가는데 현관을 향할수록 가슴이 두근거렸다. 기분 탓이기를 바랐지만 불길한 예감은 틀린 적이 없다. 집에 오자마자 그날 병원에서 있었던 아빠의 이야기를 들었다. 담당 의사가 아빠에게 요양병원에 들어가기를 권했다. 아빠의 통증은 점차 심해질 테고 해당 병원에서도 더 이상 해줄 수 있는 게 없다는 뜻이었다. 아빠는 진료실 안에 함께 있던 엄마를 밖으로 내보냈다. 그리고 의사에게 물어봤다. 온몸에 전이가 된 것이냐고. 의사는 그렇게 봐도 무방하다고 이야기했고 아빠는 마치 예상이라도 한 것처럼 재차 질문을 했다.

"그럼 3~4개월 정도 남았겠네요."

두 번째 임상실험은 별 효과를 보지 못하고 이미 두 달 반 만에 중단된 상태였다. 아빠는 첫 번째 임상실험이 효과를 잃자 별다른 방도 없이 치료를 받을 수 없게 됐었다. 3개월 뒤 병원에서는 조심스럽게 두 번째 임상실험을 권했다. 아빠는 여러 확인 절차를 거쳐 두 번째 임상실험에 참여했지만 체력은 현저히 떨어지기 시작했고 어느 날은 고열로 인해 오한에 시달리기도 했다. 두 번째 임상실험은 유난히 채혈 검사가 많았다. 그 때문인지 아빠는 이전보다 더욱 극심한 어지럼증과 무기력에 시달렸고 항암치료를 받다가 끝에는 병원에서 소리를 지르고 데굴데굴 구르며 통증을 호소하기도 했다.

처음 발견된 암 개수 30개 남짓, 그마저도 직장에 있는 종양은 크기가 커서, 간에 있는 것은 한 부위가 아니라 흩뿌리듯 자리 잡아 수술도 안 되는 상태였다.

그리고 마지막으로 본 CT 촬영본에서 암에 덮여 희뿌옇게 보이던 장기.

치료의 마지막은 이러했다.

아빠는 오히려 마음이 편하다며 더 웃어 보였다. 이제는 더 이상 그 어떤 세상의 시끄러운 소리도 아빠에게만큼은 닿지 않아 보였다. 2년이 넘는 시간 동안의 항암치료가 끝이 났다. 아빠는 당장 요양병원에 들어가지 않겠다고 했다. 정말 한계가 임박했을 때 요양병원에 스스로 들어가겠다고 했다. 우리는 아빠의 의견에 동의했다. 사실 속으로는 동의하지 못했다. 아빠가 요양병원에 들어가지 않고 다시 건강해지는 일을 그렸으니까.

아빠는 엄마에게 고맙다고 말하는 순간이 많아졌다. 병원에서 대기하고 있을 때도, 차를 타고 집으로 돌아오는 길에도, 옆에서 아빠의 배를 문질러줄 때도. 아빠는 엄마의 손을 꼭 잡으며 고맙다고 말했다. 아빠는 자꾸만 고맙다고 했다. 고맙다고….

두 번째 임상실험을 받을 수 있었던 순간처럼 거듭해서 치료받을 수 있는 기회가 주어진다는 자체는 효과와 별개로 아빠에게 기적이었다.

기적에 최선을 다하는 것은 사람의 몫이다. 아빠는 아빠의 몫을 묵묵히 해냈고 그 몫의 결과까지도 받아들였다. 그러나 우리는 사람인지라 기적이 일어나기를 바라는 마음을 끝까지 버릴 수 없었다. 이 기적이 또 어떤 결과를 가져올지라도 무턱대고 감당하겠다며 두 손을 모으는 것. 환우 속에는 이렇게 생에 매달리게 된다.

'제발 낫게 해 주세요. 제발 살려주세요.'

전망이 트인 자리에

아빠가 일반식을 도저히 못 넘기겠다고 하면 홍시와 요구르트를 섞어서 만든 유제품을 한 입이라도 넘길 수 있도록 도왔다. 죽을 끓여 뭐라도 먹을 수 있게끔, 죽이 질린다 싶으면 수프를 끓여 그거라도 먹을 수 있게끔. 간간이 일반식도 말이다. 아빠는 항암치료를 받을 때도 치료가 끝났을 때도 먹는 이유를 '살기 위해'로 정해 놨다. 아빠가 일반식을 먹던 어느 날 닭고기를 발라서 부드러운 살코기만 아빠 밥 위에 올려주었다. 한 점, 두 점 잘 넘기다 세 점을 넘길 때쯤 아빠가 화장실로 뛰어 들어갔다. 목에 살짝 걸렸을 뿐인데 아빠는 먹은 것들을 전부 게워냈다. 챙겨주고 싶어서 올린 살코기 한 점이 모든 걸 비워낼 때면 뜻 모를 죄책감이 몰려왔다.

닭고기 한 점도 쉽사리 넘기지 못하는 아빠는 퇴근하는 나를 데리러 오곤 했다. 집에서 쉬라고 만류했지만 아빠는 나와 조금 더 오랜 시간을 보내고 싶다고 했다. 이 시간도 이제 얼마 없을 거라며 아빠가 몸을 일으킬 수 있는 날에는 나를 꼭 데리러 왔다.

우리는 함께 있을 시간이 얼마 남지 않았다는 것을 점차 깊이 느끼고 있었다.

어느 날 엄마가 아빠의 가방을 정리하던 중 흰색 종이를 발견했다. '묘 분양 가격표', 한 공원 묘원으로부터 받은 서류였다. 그리고 아빠는 얼마 지나지 않아 서류에 적힌 묘 분양에 대하여 우리에게 설명했다. 부부장은 이렇게 가족묘는 또 저렇게. 아빠의 짧은 설명 뒤로 엄마와 나는 잠시 생각에 빠졌다. 이런 걸 알아보아야 하는 현실이 잔혹했지만 그보다 아빠가 직접 공원 묘원에 전화해서 혼자 묘 분양을 알아보기까지의 모습이 그려져서 더 속상했다. 이런 걸 아빠 혼자 알아보게끔 둘 수는 없었다.

"아빠, 우리 같이 알아보고 천천히 생각해 보자."

며칠 뒤 엄마와 나 그리고 엄마의 친구와 함께 지역 추모공원에 들렀다. 동행한 엄마의 친구분은 편히 이모라고 칭하겠다. 이모와 함께 간 첫 번째 추모공원은 이모의 동생이 잠들어 있는 곳이었다. 우리의 사정을 알고 있었던 이모는 자기 동생이 잠든 곳을 이야기하며 함께 가주겠다고 했다. 가볍게 눈인사 후 상담을 받았다. 비용과 지리적 위치와 관리 등등… 상담은 숨죽여질 만큼 조용하고 빠르게 이뤄졌다.

첫 번째 추모공원에서 10분 거리인 다른 공원 묘원으로 장소를 옮겼다. 그곳은 아빠가 분양을 알아본 곳이었다. 담당 실장님은 사무실로 우리를 데리고 가서 안내를 시작했다. 묘원의 구조부터 시작하여 기간 비용 등등. 아빠가 알아본 묘를 여쭤보니 묘는 계약할 자리도 없을뿐더러 영구적으로 자리할 수 있는 것이 아니라고 했다. 우리는 실장님에게 여쭤봤다. 이런 준비를 다른 분들도 하냐고, 미리 하는 게 맞냐고. 실장님은 아까부터 말 앞에 '외람된 말씀이지만'을 꼭 붙여 설명했다.

"외람된 말씀이지만 갑자기 준비하면 우왕좌왕 많이들 정신없어하세요. 그래서 연세가 지긋하신 분이나 임종을 앞두고 계신 분들의 경우 미리 계약하는 경우가 많습니다."

그리고 미리 계약하더라도 더 오래 사는 분들이 많다는 이야기를 덧붙였다. 납골당으로 내려가서는, 자리를 정할 때 유족의 입장이 아니라 고인의 입장에서 생각을 해야 한다고 알려주셨다. 고인의 시야로 전망이 확 트인 곳을 생각해야 한다며 말이다. 실장님이 설명해 주는 내용을 메모해 두었다. 꼼꼼히 살피고 또 살펴야 하는 문제이자 아빠에게 전달해야 하는 이야기였으니까. 그날 두 번째 묘원에서 내려오면서 이모는 뒷좌석에 있는 나를 힐끔힐끔 쳐다봤다.

"월이가 마음이 무겁겠다."

아까부터 곧 쏟아질 것 같던 비가 집에 갈 시간이 되어서야 한 방울씩 투두둑 떨어지기 시작했다. 며칠 뒤 아빠와 엄마 그리고 나와 내 동생, 네 식구가 묘원 공원을 다시 찾았다. 아빠는 아무 말 없이 납골당을 바라보고 우리는 의견을 한데 모았다. 우리는 납골당을 등지고 마치 잠든 사람이 된 것처럼 이곳저곳 자리를 옮기며 어떤 시야가 좋은지 논의했다.

잠든 사람의 시야로 봤을 때 전망이 확 트인 곳으로 자리를 정했다.

저 멀리서 누가 오는지 바로 보이는 자리.

언젠가 내가 그리고 동생과 엄마가 아빠에게 향할 때 우리가 오는 것을 아빠가 바로 볼 수 있는 자리로 정했다.

봄이면 꽃이 피는 것이 보이냐고, 여름이면 초록 나무들이 울창한 것이 보이냐고, 가을이면 낙엽이 붉게 물들고, 겨울이면 나뭇가지에 눈이 소복이 쌓인 것이 잘 보이느냐고.

아직 우리를 묻기에는 마음이 서툴러 전망이 트인 그곳에 가면 아빠에게 괜히 계절을 묻는다.

애틋하게 안녕

가족사진

가족사진을 찍으러 가기로 했다. 내가 어렸을 때를 제외하면 가족사진을 찍는 게 처음이었다. 아빠는 병이 발병되었을 때부터 가족사진을 찍으러 가자고 했었다. 미루고 미루다 이번에는 꼭 찍어야 할 것 같았다. 아빠에게 가족사진을 찍으러 가자고 했더니 몸이 좀 괜찮아 보일 때 찍지 왜 지금에서야 찍냐며 서운해했다.

"여보, 괜찮아."

"맞아. 아빠 지금도 멋있어."

아빠에게 뭘 입힐지 엄마랑 한참 상의했다. 보랏빛 셔츠는 조금 촌스러운데… 회색빛 재킷은 너무 탁해 보이는데… 심사숙고하여 고른 연하늘빛 셔츠와 남색 재킷을 입히니 아빠의 얼굴이 확 살아났다. 나는 내 옷을 고르기 시작했다. 옷장에서 가장 단정해 보이는 원피스 두 벌을 골라 입었다. 엄마는 두 번째 원피스를 입으라고 했다. 아빠의 의견이 궁금했다.

"아빠, 어떤 게 이뻐?"
"월이는 아무거나 입어도 다 이쁘지."

무엇이든 다 이쁘다고 하는 딸바보, 우리는 곧장 사진관으로 향했다. 식구가 돌아가면서 아빠와 짝을 지어 사진을 찍고 네 식구가 함께 모여 사진을 찍었다. 며칠 뒤 사진을 고르러 사진관을 다시 찾았다. 어색하게 웃는 모습도 있고, 활짝 웃는 것도 있고 몇몇 사진에서는 멋쩍어 보이는 아빠의 모습이 보였다. 사진관에 나오기 전 사진작가님께 물었다.

"혹시 둘씩 찍은 사진 중에서 인물 한 명만 확대해서 작업할 수 있나요?"

"뭐에 쓰시려고요?"

"영정사진이요."

말을 뱉는 사람도 듣는 사람도 참 서먹해지는 공기를 뚫어야 했다. 요즘은 그림 작업을 하여 사진을 쓰는 사람도 많지만 우리는 아빠의 사진을 그렇게 남기고 싶지 않았다. 살은 조금 빠졌어도 가족과 함께해서 마음은 애틋했던 모습, 우리는 그 모습을 정성스레 간직하고 남겨두기로 했다.

모든 사진이 나왔다. 그리고 아빠는 우리의 가족사진과 자신의 사진을 보고 별다른 말을 하지 않았다.

"아빠 영화배우처럼 나왔어!"

아빠가 돌아가신 이후 사진을 볼 때마다 우리는 이상한 이야기들을 한다.

"월아, 오늘 아빠 얼굴이 좀 화나 보이지 않니?"

"엄마, 오늘 아빠가 환하게 웃고 있는 것 같지 않아?"

"오늘은 울고 있는 것 같은데? 얼굴이 빨갛다."

똑같은 사진을 보고도 하루하루 아빠의 표정을 살핀다.

네 식구의 단란한 가족사진은 거실 소파 위에 걸어두었다. 원래
는 TV 위에 걸어두었는데 자꾸 눈이 가서 우는 날이 많아졌다. 추
억하라고 찍어둔 사진이었지만 비교적 눈이 덜 가는 자리에 걸어
두고 아침마다 아빠에게 안부를 건넨다.

"아빠, 잘 지내고 있지요?"

보고 싶다.

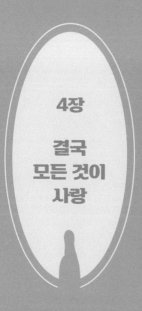

4장

결국
모든 것이
사랑

애틋하게 안녕

버킷리스트

우리 가족은 드라이브를 자주 다녔다. 엄마도 나도 차를 타고 바람 쐬러 가는 것을 좋아했다. 어디를 가든 그 흔한 멀미도 없을 정도였다. 쉬는 날이 되면 딱히 무엇을 하지 않아도 우리는 어딘가에 가고 있었다. 꼭 맛있게 식사를 하거나 좋은 것을 구경하지 않아도 말이다. 아빠의 투병 중에는 이런 시간이 많이 줄어들었지만 아빠의 컨디션이 좋은 날에는 바람을 쐬러 갔다.

아픈 아빠와 함께 한탄강에 다녀왔다. 그날은 주말이라 공원에 어린 자녀들을 데리고 온 젊은 부부들이 많았다. 아빠와 손을 잡고 한참을 걸었을까. 아까부터 먼 강가만 바라보던 아빠가 입을 열었다.

"월아, 아빠 버킷리스트가 뭔지 알아?"

"버킷리스트?"

"응."

"버킷리스트가 뭔데?"

"하나는 가족끼리 여행 가는 거, 하나는 엄마 반지 해주는 거, 그리고 하나는 이렇게 시간 날 때마다 네 식구가 자주 보고 같이 밥 먹는 거."

아빠를 따라 강가를 바라보았다. 시선을 최대한 먼 곳으로 두었다. 아빠는 그날 자신의 버킷리스트를 다 이뤄가고 있다고 했다. 아빠의 몸이 더 쇠약해지기 전에 우리는 바다로 여행을 다녀왔고, 결혼반지 하나 없는 엄마에게 아빠는 마지막이 될지도 모르는 반지를 끼워주고, 식사는 최대한 네 식구가 함께했다. 엄마는 아빠가 준 반지를 잘 끼지 않았다. 쑥스러웠던 건지 마음이 아팠던 건지, 괜찮으니 끼라고 해도 반지를 쉽게 끼는 법이 없었다. 무엇보다 엄마는 아픈 남편이 준 반지를 자기만 끼기가, 휘황찬란하게 자신을 가꾸기가 미안했던 것 같다. 아빠의 버킷리스트 이야기를 엄마에게 전해주었다.

"엄마, 아빠의 소원일 수도 있잖아. 아빠가 꼭 해주고 싶어 했어."

쉰이 넘은 아빠의 인생에서, 아빠의 입에서 '버킷리스트'라는 단어가 나오는 것을 한 번도 상상해 보지 못했다. 아빠를 '버킷리스트'라는 단어도 모를 사람이라고 생각했다.

살아가면서 이뤄나가야 하는 것들이 우선이었고, 목표를 이뤄가며 행복할 수 있을 거라 믿었고, 그 행복이 아빠 엄마의 행복이 될수 있을 거라고 생각했다.

자식의 행복이 부모의 행복이라고 생각하는 '효', 어쩌면 핑계였을지도 모르는 얕은수이려나. 그보다 네 식구가 밥 한 끼 먹는 게 소원인 부모님이 계시는 것을 모르고. 그 정도면 충분하다는 것을

모르고. 마침내 부모님의 버킷리스트를 열어보면 그곳에 '가족'이

있을지도 모른다.

마지막 생일선물

2021년 11월, 아빠는 집에 머무는 시간이 많아졌다. 집 안에서도 침대에 누워 있는 시간이 대부분이었다. 아빠는 요양병원에 들어가기로 했다. 정말로 끝이 다가왔을 때 들어가겠다던 곳이었는데 아빠에게 한계가 찾아왔다. 거실에서 옹기종기 모여 자기 시작하면서 가끔 아빠 품에 안기곤 했는데 11월은 아빠의 곁에 누군가가 눕는 것도 허락되지 않았다. 매트가 움직이는 작은 진동에도 아빠는 괴로워해서 우리는 더 이상 아빠를 안아줄 수가 없었다.

사실 요양병원에 들어가기로 한 가장 큰 이유는 통증 완화 때문이었다. 조금이라도 덜 아프게 진통 시간을 단축시키기 위해서였다. 원장님과 장시간 상담 후 우리는 집 근처 한 병원으로 결정했다. 그 결정이 있었던 후로부터 얼마 지나지 않아 아빠가 나를 불렀다. 그리고 나에게 작은 상자를 건넸다.

"월아, 아빠가 아무래도 이번 너 생일에는 같이 있어주지 못할 것 같아."

상자를 열어보니 작은 목걸이가 있었다. 목걸이를 차보고 아빠에게 이쁘냐고 물어보았다. 아빠는 옅게 웃으면서 고개를 끄덕였다. '12월' 나는 왜 1년 가운데 제일 끝 달에 태어났을까. 조금만 더 일찍 세상에 나올 준비를 했더라면 아빠가 병원에 들어가기 전 생일을 함께 보낼 수 있었을 텐데. 방 안에서 목걸이를 보며 조용히 울었다. 사실 그해의 작년 생일도 재작년 생일도 어쩌면 아빠와 보내는 마지막 생일이 될지도 모른다고 생각했다. 그리고 아빠가 나에게 목걸이를 건넸을 때 알았다.

*"그래도 우리 월이 생일까지는 버텨보려고 했는데 아빠가 이제 병원
에 들어가 봐야 할 것 같아."*

올해가 정말 마지막이라는 것을. 엄마가 말하길 아빠는 금은방
구석에 앉아 일어나지 못했다고 했다. 나에게 선물을 해주겠다고
금은방까지 갔지만 통증 때문에 의자에서 일어나지 못했다. 집에
서 안정을 취해야 하는 아빠는 내 선물을 사겠다고 힘겹게 힘을 냈
다. 아빠의 마음을 감히 헤아려 보건대, 그 무렵 아빠는 살고자 하
는 마음보다 남은 시간에 가족에게 무엇을 더 해줄 수 있을지 사랑
하고자 하는 마음이 더 절실했던 것 같다.

아빠의 마음을 다 안다고 자부했는데 아빠 사랑의 반의반도, 정
말이지 단 한 톨도 모르는 딸이었다.

그날 이후로 내가 절대로 잃어버리지 말아야 하는 것이 생겼다.
아빠가 준 나의 마지막 생일선물 목걸이. 가끔 거울 앞에서 목걸이
를 만지작거리며 웃어 보이곤 한다. 빼어난 금은보화를 한가득 거
머쥐지 않아도 그 하나로 기분이 조금 근사해진다. 선물보다 선물

을 준비한 그 마음이 와닿는다는 말이 있지 않나. 물건이 온 것이
아니라 아빠의 마음이 나에게 닿은 것이다. 그날 이후로 내가 절대
로 잊어버리지 말아야 하는 마음이 생겼다.

애틋하게 안녕

요양병원에 들어가던 날

우리 가족은 아빠가 요양병원에 들어가기 전 한 가지 연습을 했다. '영상통화 하는 법' 매일 같이 보는 사이이기 때문에 아빠와 엄마는 평상시에 영상통화를 할 일이 없었다. 메신저를 통해 영상통화 하는 법, 휴대폰 내에서 영상통화 하는 법을 몇 번이고 연습했다. 코로나 시국으로 인해 면회가 어려울 수 있으니 우리는 비대면 면회를 하는 날에도 못 하는 날에도 하루에 한 번씩은 꼭 영상으로라도 얼굴을 보기로 약속했다.

2021년 11월 22일, 항암치료를 받을 때 늘 들고 다녔던 파란색 스포츠 가방에 아빠의 짐이 담겨 있었다. 아빠는 고개를 숙인 채 거실 침대에 걸터앉아 있었고 엄마는 분주하게 주변을 맴돌고 있었다. 동생은 학교에 가지 않고 아빠의 입원 수속을 위해 병원에 동행하기로 했고 나는 한구석에서 그런 세 사람의 모습을 가만히 지켜보았다. 아빠한테 잘 다녀오라고 말을 할까 말까 고민만 하다가 방 안으로 들어왔다. 방에 들어와서도 창가 근처에서 꾸어다 놓은 보릿자루처럼 어색하게 서 있었다. 한 10분이 지났을까. 현관문 소리가 들렸다. 가족이 다 나가고 집 안은 순식간에 적막해졌다.

'잘 다녀오라고 말할 걸 그랬나, 아빠의 손을 잡아줄 걸 그랬나.'

그렇지만 그렇게 하면 헐떡이며 참고 있는 눈물이 터질 것 같았다. 모두가 다 차오르는 감정을 참고 있었다. 엄마는 분주히 아빠 주변을 맴도는 방식으로, 동생은 학교도 안 가고 아빠와의 동행을 택하는 방식으로, 나는 조용히 방 안으로 들어오는 방식으로, 그리고 무엇보다 고개를 숙이고 침대에 걸터앉은 아빠 역시도. 그저 우리에게 남은 시간이 더 가엾지 않기를 바라며 나는 끝내 아빠를 마주하지 못했다.

그날 어김없이 오후에 출근을 했다. 이를 꽉 깨물었던 것 같다. 온 가족이 병원으로 향한 뒤 홀로 방 안에서 훌쩍여도 오후에는 초등학생들 앞에서 밝은 선생님이 되어야 하니까. 그날 엄마는 아빠를 데려다주고 오자마자 나를 살폈다. 말하지 않아도 내가 방 안에서 나올 수 없었던 이유를 엄마는 알고 있었다.

퇴근 시간에 맞춰 엄마에게 전화가 왔다.

"월아, 언제 오니?"

퇴근하고 집에 도착하는 시간을 얼추 알았을 텐데도 그날은 엄마에게 전화가 왔다. 모두가 불안해했다. 아빠를 볼 수가 없으니까. 어디가 아픈지 잠은 잘 자는지 밥은 잘 먹는지 그 어떤 것도 눈으로 확인할 수 없어서, 아빠가 혹여 잘못될까 봐. 집에 돌아오니 엄마의 두 눈이 퉁퉁 부은 채로 충혈되어 있었다.

적막이 울음을 허용해 주는 날이면 그 소리가 유난히 도드라진다. 집에 혼자 남고서야 울 수 있었던 나와 엄마, 그리고 동생과 아빠. 우리의 숨소리는 공기를 타고 벽에 부딪혀 다시 우리에게 돌아오기 일쑤였다. 집 안의 낯선 공기가 살갗을 뚫고 들어와 쭈뼛쭈뼛 우리를 죄어왔지만 기댈 곳이라고는 '적막'밖에 없었다. 그 무렵 알게 되었다. 적막은 가장 편안하지만 동시에 가장 무섭다는 것을.

주로 사랑한다는 이야기

아빠가 요양병원에 들어가고 나서 우리는 연습대로 매일 같이 영상통화를 했다. 영상통화를 하면 아빠의 컨디션을 조금 더 확실히 알 수 있었다. 얼굴이 노랗다 못해 눈까지 노란빛이 심하게 돌면 황달 수치가 높을 대로 높아진 날이었다. 그런 날에도 아빠는 전화를 끊기 전 손가락 하트를 빼놓지 않았다. 서투르지만 귀여운 아빠의 애정 표현이었다. 엄마는 그럴 때마다 "여보, 멈춰봐."라고 말하며 화면을 캡처했다. 캡처한 사진을 보고 또 보고, "아빠 얼굴이 왜 이렇게 노랗지?", "오늘은 그래도 어제보다 낫다." 등의 말을 하며 하루를 보냈다.

　아침에 전화가 되지 않으면 발을 동동거리며 아빠의 연락을 기다렸다. 그러다가 전화가 오면 우리는 들뜬 목소리로 전화를 받았다. 잠결에도 엄마의 들뜬 목소리가 크게 들리곤 했다. 잠을 자다가 벌떡 일어나서 엄마 옆으로 쪼르르 달려갔다. 영상통화 화면에 내 얼굴이 나오면 아빠는 "어, 예쁜 딸."이라며 미소를 지었다. 말을 길게 하지 않아도, 할 이야기가 없어도 영상통화를 거르지 않았다. 오후에는 식구들이 나가거나 동생이 학교에 가니까 이른 아침에 전화하기로 약속한 날도 많았다.

　그렇게 아빠가 병원에 들어간 지 10일쯤 지나 내 생일이 되었다. 아빠가 같이 있어주지 못한다며 미리 주었던 선물, 목걸이를 목에 차고 하루를 보냈다.

　그날 저녁 아빠에게 문자를 보냈다.

「아빠 나 예쁘게 잘 길러줘서 고마워요. 사랑해」

「아빠도 너무 사랑해 힘내서 오래 보자 즐거운 시간 행복한 시간 보내.」

아빠와 나눈 통화도 문자도 사실은 별 얘기가 아니었다. 몸은 괜찮은지 밥은 얼마만큼 먹었는지 뭐 필요한 건 없는지 늘 똑같은 걸 물었다. 주로 사랑한다는 이야기, 우리는 통화를 하며 그 끝에는 서로 사랑한다고 말했다.

—

오래 보자

오래 보자

힘내서 오래 보자

—

살다가 지칠 때, 기쁠 때 내 생일날 나눴던 아빠와의 문자를 꺼내 본다. 그 문자를 보면 눈물부터 나서 평상시에는 보지 못하지만 그래도 생각나는 날이 있다. 매번 '응', '그래', '가는 중' 짧은 문자를 주고받던 우리가 주로 사랑한다는 이야기들을 했던 때를 보고 나면 마음이 뭉클해진다. 이 해묵은 문자 하나로 다시 일어서곤 한다.

애틋하게 안녕

걱정이 숨겨놓은 이름

　아빠가 요양병원에 들어간 후 엄마는 매일같이 비대면 면회를 하러 갔다. 하루에 한 번 면회를 신청하면 요양병원 로비에서 투명 색 창을 두고 얼굴을 보며 수화기로 대화를 할 수 있었다. 아빠가 병원 생활 초반에는 로비까지 걸어 나올 힘이 있었으니까 가능했던 일이었다. 아빠가 문자로 천혜향이 먹고 싶다고 하면 온 마트를 뒤져 과일을 찾아 병실에 넣어줬다. 또 떡갈비가 먹고 싶다고 하면 가장 부드러운 질의 고기를 찾아 직접 만들어서 갔고, 명란젓이 먹고 싶다고 하면 5일장에 나가 명란젓을 사서 병원으로 뛰어가기도 했다. 오죽하면 로비에 근무를 서는 모든 직원이 우리가 오면 아빠의 보호자임을 알아채고 전달할 것이 있냐고 먼저 물어볼 정도였다.

엄마는 아빠가 부탁하지 않아도 매일같이 택시를 타고 이불이랑 반찬거리를 챙겨갔다. 아빠는 그런 엄마가 걱정되었는지 올 필요가 없다고 이야기하며 뭐 하러 챙겨 오냐고 화를 내기도 했다. 아빠를 챙겨주고 터벅터벅 홀로 걸어갈 엄마의 모습을 누구보다 걱정했을 테니까. 아빠는 엄마에게 그렇게 화를 내고 몇 분 지나지 않아 미안하다는 문자를 보내왔다.

아빠는 병원에 들어가기 전에 엄마 손을 꼭 잡고 약속했다.

"병원 들어가서 나아지면 다시 올게. 꼭 돌아올게."

그리고 화를 낸 그날 저녁, 아빠가 엄마에게 이야기했다. 당신에게 다시 못 갈 것 같다고. 아빠는 그 소리를 내뱉으며 전화기 너머로 하염없이 울었고 엄마도 울먹였다.

"왜 그런 소리를 해, 다시 오겠다고 약속했잖아."

지키지 못할 거라는 것을 알고 약속하는 일, 반찬이며 이불이며 무거운 짐을 들고 하루에 한 번씩 면회를 하러 가는 일, 그런 사람에게 화를 내는 일.

서로를 걱정해서 그렇다. 부재가 될 누군가와 그리고 오랜 시간 살을 맞대고 살아온 서로가 걱정돼서, 걱정스러워서 그렇다. 걱정이 숨겨놓은 다른 이름을 보았다. 그것은 한숨에 '사'가 되고 눈물에 '랑'이 되는 것이었다.

애틋하게 안녕

사람이 끊이지 않는 이유

아빠는 주변에 사람이 많았다. 아빠가 사람을 좋아하기도 했지만 둥글둥글한 성격 때문이기도 했다. 아빠의 주변 분 중 우리 가족과도 가깝게 지내는 분들이 계신다. 아빠의 절친분들인데 한 분은 내 생일을 까먹지 않고 축하해 주시는 아저씨, 한 분은 아빠의 든든한 말동무 농사꾼 아저씨, 한 분은 자전거를 타고 다니며 아빠에게 술 담배를 끊으라고 잔소리하던 아저씨다. 아빠에게 무슨 일이 생기면 가족보다 더 빨리 달려가기도 했다.

아빠가 요양병원에 들어가기 며칠 전 자신과 친했던 친구들을 불러 모아 음식을 대접했다. 그때 아빠의 모습은 온몸이 말라 있었고 복수가 차기 시작해서 배가 불러 있었으며 다리도 퉁퉁 부은 모습이었다. 음식을 대접하던 날도 아빠는 자리에 끝까지 앉아 있지 못했다. 무엇인가를 오래도록 먹는 일도, 장시간 앉아 있는 일도 겨워하는 상태라 자리에서 일찍 일어났다. 아빠가 자리를 떠나자 식당 안에 있던 친구들이 한 명도 빠짐없이 울었다는 이야기를 나중에야 들었다. 50대 중반 아저씨들이 식당에서 식사하다 말고 우는 모습을 상상할 수 없었다. 그보다 아빠 앞에서 눈물을 삼켜주어 한편으로 감사하다고 생각했다. 그저 아저씨들은 건강 잘 챙기라는 말, 몸조리를 잘하고 오라는 말씀을 덧붙였다. 요양병원에 들어가기 전 그런 자리를 만들고자 함은 아빠의 의견이었다. 아빠는 자신이 친구들과 함께 앉아 할 수 있는 식사가 그날이 마지막이라는 것을 예감하고 있었다.

아빠를 보면서 자연스럽게 '친구'에 대해 많이 생각해 왔다. 힘들 때나 기쁠 때나 곁에서 술 한잔 기울일 수 있는 친구가 아빠에게는 늘 있었다. 물론 아빠가 사람에게 배신당하는 일도 많이 봤지만 어떠한 일 때문에 관계가 틀어졌어도 몇 달 뒤 몇 년 뒤 별다른 화해 없이 서로의 곁을 묵묵히 지키는 모습을 여러 번 보았다. 나는 관계가 틀어지거나 아니다 싶으면 뒤도 돌아보지 않는 매정한 사람인데 아빠는 달랐다. 때로는 사람이 너무 우유부단한 것이 아닌가 하며 아빠를 이해하지 못했지만 어렸을 때부터 같은 동네에서 나고 자란, 자신들의 파란만장한 청춘을 함께한 인연에게는 말하지 않아도 통하는 마음이 있었다. 그래서 나는 아빠가 가지고 있는 사람에 대한 정이 부러웠다. 마음껏 토라지고 마음껏 용서하고, 그리고 서로를 위해 가까이서 하지만 몰래 울어줄 수 있는 우정을 지켜보고 있으면 참 다행스럽게 느껴졌다.

언젠가 나의 친구들에게 가서 그런 이야기를 했었다. 우리 아빠는 참 신기하다고. 내 또래 친구들은 절교를 그렇게 잘하는데 아빠와 아빠 친구들은 지지고 볶아도 붙어 있다고. 아빠가 속이 없어 보일 때도 있었지만 어쩌면 그만한 그릇이 아니었을까 생각해 본다. 종지 그릇은 기껏해야 양념 정도를 담을 수 있으나 들통은 더한 것을 담아내곤 하니까. 아빠의 투병 속에서도 보았다. 사람을 좋아했고, 또 사람을 좋아하려면 그만한 넓은 마음이 늘 자리하고 있어야 한다는 것을.

애틋하게 안녕

서약

아빠가 요양병원에 들어가기 전부터 우리에게 부탁한 한 가지가

있었다. 위급한 상황이 왔을 때 심폐소생술이나 기도삽관 같은 응

급처치를 하지 말라는 부탁이었다. 아빠는 고통스럽게 연명하는

것을 원하지 않았다. 아빠가 병원에 들어가기 전에도 후에도 우리

는 그 문제를 두고 고민했다. 과연 아빠의 의사대로 따라야 하는지

아니면 위급상황에서 대처할 수 있는 모든 것을 해야 하는지, 그리

고 아빠의 의사대로 따른다면 위급상황에 대처하지 못하니 가족들

이 아빠의 마지막 순간을 지키지 못할 수도 있는 상황이었다. 그러나 아빠는 고통스럽고 힘들게 마지막을 보내고 싶지 않다고 했다.

우리는 병원에서 아빠의 의견에 따라 심폐소생술과 위급상황 시 대처 병원 이송 불가에 관한 서약서를 작성했다. 서약서를 쓰고 나서도 이렇게 해도 되는지, 그래도 어떠한 최선이라도 다해봐야 하는 것은 아닌지, 오랜 시간 이야기를 나눴다. 나는 아빠가 원하는 대로 하자는 의견이었다. 이유는 하나였다.

"아빠가 고통스러워지고 싶지 않다잖아."

그뿐이었다. 오로지 2년 넘게 투병해 온 아빠의 입에서 더는 고통스러워지고 싶지 않다는 말이 나에게는 제일 중요했다. 가슴이 아렸다. 아무렇지 않다는 듯 태연하게 서약서에 서명했지만 병원을 나오자 저 멀리 보이는 하늘이 곧 나를 향해 무너질 것만 같았다. 순간 정신이 아득해지는 것을 느꼈지만 아직은 무너지면 안 된다는 생각이 번뜩 들었다.

그리고 아빠가 병원에 들어간 뒤 한 달쯤 지났을 때 알았다. 우리의 고민은 다 소용이 없었다는 것을. 아빠의 상태 자체가 심폐소생술도 기도확보도 그 무엇도 할 수 없는 상태라고 안내받았다. 위급상황에서의 대처가 약해진 장기와 혈관을 자극해 과다출혈로 이어지고 생명에 더 위협적일 수 있다는 게 의학적 소견이었다.

아빠의 마지막에 선택할 수 있는 일이 별로 없다는 사실을 우리는 받아들여야 했다. 병원에서 들었던 위 설명에 대해서 우리는 아빠에게 이야기하지 않았다. 아빠가 선택할 수 있을 때 결정했던 자발적 의사를 차마 불가부득한 일로 만들 수는 없었다.

아빠에게 등을 지고 병원을 나오는 순간을 몸의 신경들이 기가 막히게 안다. 마치 '이제는 울어도 되는 시간입니다.'라고 알림이 울리듯 아주 펑펑, 얄궂게도 말이다. 사랑하는 이를 지켜주는 방법을 아직도 잘 모르겠다. 때로는 울음을 참아보는 것, 자유의사를 존중해 주는 것, 자주 안부를 묻는 것. 과연 우리가 행하고 있는 것들은 사랑하는 이를 잘 지키고 있는 방법일까. 사랑의 모습은 너무나 다양하고 방법은 무한한데 시간이 짧구나….

애틋하게 안녕

행복하게 해 줄게

코로나 검사를 받고 대면 면회를 하러 갔던 날도 있었다. 1인실 그리고 환자와 보호자 사이의 칸막이, 마치 우주복 같은 방역 복장을 하고 아빠를 만날 수 있었다. 15분의 짧은 시간을 두고 우리는 서로의 근황에 관해 이야기했다. 그때 당시에 첫 책을 출간하기위해 편집 작업을 하고 있을 때라 주로 나에게는 책 작업을 잘하고 있냐고 아빠는 물었다. 언제쯤 책이 나오는지 말이다. 그리고 나는 아빠에게 밥은 먹었는지, 잠은 잘 잤는지 물었다. 아빠는 동생에게도 학교생활을 잘하고 있는지 꼬박꼬박 물었다.

병원에 들어간 지 얼마 안 됐을 때 아빠는 걸어 나올 수 있었는데 한 달이 다 돼갈 무렵에는 휠체어를 탄 채 산소호흡기를 끼고 나왔다. 호흡이 잘 안 돼서 산소호흡기를 껴야 한다고 연락받았을 때 집에서 아무것도 할 수가 없었다. 또 항문이 붓고 피를 쏟아낸다고 연락이 왔을 때도 우리는 수간호사와 통화를 하며 상황을 기다리는 수밖에 없었다. 호흡이 정상 범위 안에 있지만 불안함 때문에 더 그럴 수 있다는 안내를 받았을 때도 우리는 옆에서 지켜볼 수 없으니 안도할 수가 없었다. 그래서 그 짧은 15분의 대면 면회가 우리에게는 너무나 소중했다. 흰 장갑 너머로 아빠의 살갗을 비벼주면서 잠시 잠깐 맞댄 온기가 아빠에게 제일 따뜻했으면 하는 바람을 담았다. 떨어져 있어도 그 온기가 남아 있었으면 하고 말이다.

아빠는 언젠가 비대면 면회를 할 때 이런 이야기를 했었다.

"월이가 있어서 안심돼."

아빠는 차분히 고개를 끄덕이고 있었다.

"우리 아들 파이팅."

아빠는 동생을 보고 만세를 하며 로비가 떠나갈 정도로 응원을 보태고 있었다.

그리고 우리가 대면 면회를 하러 갔던 날 아빠는 말했다.

"아빠가 다 행복하게 해 줄게. 걱정하지 마."

파리해진 몸으로 아빠는 가족 그리고 자식에게만큼은 온기를 잃지 않았다.

때로는 버팀목이 때로는 슈퍼맨이 때로는 딸과 티격태격하는 영락없는 동네 아저씨.

아빠는 우리를 행복하게 해 주겠다고 걱정하지 말라 그랬다.

그 온기 덕에 지금도 용기를 얻는다. 내가 나아가는 발걸음에 아빠의 온기와 응원이 배어 있다는 것을 잊지 않으려고 한다. 그리고 그 덕에 나는 언제가 되었든, 어디가 되었든 지금 바로 행복할 수 있다고 믿는다. 지금 바로 행복할 수 있다고.

불길한 꿈속 따뜻했던 품

12월이 끝나가기 일주일 전 꿈을 꿨다. 꿈속에서 나 혼자 아빠를 보러 가고 있었다. 흰색 가운을 입은 중년의 남성이 연구실로 나를 데려갔다. 아빠가 그곳에 있다며 말이다. 연구실 안에는 또 다른 방이 있었다. 방의 문을 여니 아빠가 누워 있었다. 아빠는 하체가 해변에서나 볼 수 있는 고운 모래로 덮인 채로 천장만 바라보고 있었다. 흰색 가운을 입은 중년의 남성이 아빠를 보며 간호사를 찾는 듯 왜 이렇게 사람을 눕혀놨냐며 혼자 구시렁거렸다.

아빠를 멀뚱멀뚱 바라보다 나는 이내 그 방을 나왔다. 방을 나와서 병원 같은 곳의 복도를 걷고 있는데 왠지 아빠한테 다시 가봐야 할 것 같았다. 나온 길을 돌아 달려갔더니 아빠는 어느새 다리에 쌓여 있던 모래를 걷어두고 앉아서 나를 데려다주겠다며 양말을 달라고 했다. 곧장 양말을 챙겨주고 아빠와 그곳을 빠져나왔다. 병원 출구에 섰는데 비가 막 쏟아지기 시작했다. 택시를 부르려던 참에 지나가는 택시를 아빠가 불러 세웠다. 마치 내가 타고 가야 할 택시였던 것처럼 택시 안에는 동생과 모르는 여자가 타고 있었다. 아빠는 택시에서 여덟 발자국 정도가 떨어진 거리에 서 있었다. 아빠를 등지고 택시를 타려 하는 순간 직감적으로 아빠를 한 번 더 봐야 한다는 생각이 들었다. 달려가서 아빠에게 안겼다. 아빠가 울고 있는 것 같았다. 아빠는 나에게 얼른 가보라고 했다. 택시에 올라타자 기사는 왜 이제 오냐는 듯 짜증 난 얼굴을 하고 있었다.

잠에서 깨니 숨도 쉬지 못할 정도의 감정이 몰려왔다. 느낌이 안 좋았다. 그 짧은 순간 아빠에게 시간이 정말 얼마 남지 않았다는 생각이 스쳤다. 조만간 무슨 일이 닥쳐올 것 같은 느낌이 무서웠던 게 아니라 '우리 아빠 어떡하지?'라는 생각이 들었다. 가슴이 미어

지더니 머리부터 발끝까지 모든 감각이 불길함을 알아채듯 떨리고 있었다. 이건 분명 안 좋은 징조였다. 잠에서 깨서 새벽 내내 울었다. 누가 말릴 수 있는 눈물이 아니었다. 엄마도 나를 보고 놀라고 잠을 자고 있던 동생도 뛰어나와 놀란 기색이었다. 내 의지와는 상관없이 모든 감각이 저절로 쏟아내는 눈물 때문에 숨이 곧 넘어갈 듯 꺽꺽댔다. 그렇게 울다 지쳐 정신을 잃었던 것 같다.

꿈속에서 아빠가 나를 안아주면서 사랑한다고 그랬다. 꿈속이었지만 아빠의 품이 넓고 따뜻했다. 내가 택시에 바로 타지 않고 달려가 아빠를 한 번이라도 더 안을 수 있었던 게, 이제에 이르러 나에게 안도가 된다. 비록 꿈속이었지만 만약 택시를 타고 훌쩍 떠나버렸다면 아빠가 너무 많이 울지 않았을까 하여, 홀로 남아 우리를 지켜보는 마음이 더 애달프지 않았을까 하여 말이다.

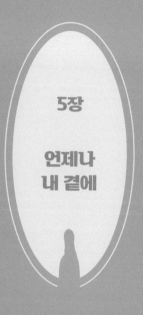

5장

언제나
내 곁에

애틋하게 안녕

보낼 수 없는 이유

12월이 끝나갈 무렵 병원 원장님이 우리를 보자고 했다. 그날도 날이 추워 패딩 속으로 꼭꼭 몸을 숨겼다. 어쩌면 의사 선생님의 긴요한 호출에 떨리는 마음을 숨겼던 것도 같다.

병원 원장님과 옆에 서 있는 수간호사 선생님 두 분, 원장님은 나와 엄마를 번갈아 쳐다보며 입을 뗐다.

"의학적으로 봤을 때는 이번 달을 넘기기 어렵습니다. 환자분이 굉

장히 초인적인 힘으로 버티고 있어요. 우리도 저런 분은 처음 봐요."

그리고 의사 선생님은 당분간 어디 멀리 가지 말고 되도록 병원으로 빨리 달려올 수 있는 곳에 있으라는 이야기를 덧붙였다. 임종을 지키지 못하는 것은 평생의 트라우마가 될 수도 있는 일이라며 말이다. 순간 원장님이 우리의 마음을 알아주는 것 같았다. 직업상으로 해야 할 말을 했을 테지만 당시 나의 소원은 아빠의 임종을 지키는 일이었다. 하얀 가운을 입은 그는 우리가 상담실을 나갈 때까지 환자가 응급처치를 할 수 없는 몸 상태이니 반드시 가까운 곳에 있으라고 당부했다.

상담을 마치고 나오는데 수간호사 선생님이 우리를 붙잡았다.

"환자분이 가족 생각하는 마음이 대단해요. 정말 자식 때문에 버티는 것 같아요."

아빠는 병원 안에서도 종종 우리 이야기를 했다. 며칠 전 전화해온 사회복지사 선생님도 수간호사 선생님과 똑같은 이야기를 했었다. 아버지가 자식 생각하는 마음이 대단하시다고. 그래서 하루하루 열심히 버티신다고.

원장님을 뵙고 온 뒤로 우리는 캐리어에 짐을 싸두기 시작했다. 언제든 달려갈 수 있게, 여벌 옷이나 세면도구 같은 것들… 우리 가족은 간신히 정신을 차려가며 준비를 하고 있었다. 담담한 척, 괜찮은 척. 여기서 누구 하나에게 바늘을 살짝 대기만 해도 곧 터지다 못해 나부끼듯 흩어진다는 걸 알고 있었으니까. 애석하게도 아빠의 영정사진은 캐리어에 들어가지 않았다. 마지막 인사가 될 사진은 캐리어에 비해 너무도 컸다. 어떻게 해야 하나 사진을 가만히 바라보고 있으니 아빠의 주름진 눈가에 자상함이 배어 나왔다. 결국 사진은 보자기에 묶어 무슨 일이 생기면 가족 구성원 중 누군가가 품에 안고 가기로 했다.

그날 밤 엄마는 자기 전 혼자 작은 목소리로 읊조렸다.

"12월은 너무 춥잖아, 지금은 너무 추워서 당신 가는 길 힘드니까, 따뜻해지면 조금만 더 따뜻해지면…."

종이가 쪼가리가 되어 허공을 한참 맴돌다 바닥에 내려앉듯, 그날 우리 가족은 참으로 말이지. 나부끼듯 흩어지고 있었다.

12월은 너무 춥다. 1~2월은 추위가 가시지 않고, 3~4월은 개화를 기다려야 하고, 5~6월은 푸른 잎이 채우는 자리를 지켜야 하고, 7~8월은 뙤약볕이 따갑고, 9~10월은 밤에 부는 바람이 서서히 차가워지고, 11월~12월은 다시 추워지니까, 그러니까 이생을 떠나면 안 되는 이유가 충분하다. 살아야 하는 이유 말고 죽지 말아야 하는 이유를 찾다 보면 한없이 많다.

우리 역시 그 이유가 너무 충분했기에 보낼 수 없었다.

마지막까지 기억하고 있던 것

　어느 날부터 아빠와 연락이 되지 않았다. 아빠는 음성통화도 영상통화도 문자도 보내지 않았다. 엄마는 아빠가 우리에게 정을 떼는 거 아니냐며 속상해했다. 엄마와 나는 번갈아 병원에 전화해서 아빠의 상태를 확인했다. 아빠가 하혈한다는 연락을 받았을 때부터 우리는 초조히 아빠의 상황을 확인할 수밖에 없었다. 그리고 병원 관계자들과 상의 끝에 우리 가족은 코로나 검사를 받고 아빠를 1인실로 옮겨 하루를 병원에서 함께 지내기로 했다. 2021년 12월

28일 코로나 음성 판정을 받고 병원으로 들어갔다. 집중 관리실이라 불리는 중환자실 맞은편에는 1인 병실이 있었다.

1인실 문을 여니 아빠가 휠체어에 앉아서 누군가에게 계속 전화를 걸고 있었다. 아빠는 계속 전화를 걸며 인사도 없이 우리를 멀뚱멀뚱 쳐다보기만 했다. 엄마는 아빠의 휴대폰을 보며 누구에게 전화를 거는지 물어봤다. 그리고 이내 휴대폰을 보더니

"여보, 마누라 여기 와 있는데 왜 나한테 전화를 걸어?"

엄마는 아빠의 통화 발신 기록을 보고 한동안 말이 없었다. 아빠의 통화 발신 기록에 010-oooo-xxxx로 정렬된 열한 자리 숫자가 아니라 xxxx 엄마와 나의 휴대폰 뒷번호만 몇십 통이 찍혀 있었다. 아빠가 정을 떼려고 우리에게 연락을 안 한 게 아니었다. 그토록 연락하고 싶었지만 아빠는 마약성 진통제를 많이 맞아서 섬망 증상을 보이고 있었다. 휴대폰을 들 힘도 없이, 자기 정신이 아닌 채로 기억나는 뒷번호만 애타게 눌러대며 우리에게 전화를 걸고 있었다. 아빠가 그동안 병원에서 우리에게 전화를 걸었을 때가

문득 떠올랐다.

    1인실에서 하루를 보내는 동안 엄마는 아빠의 발을 정성껏 씻겼다. 미음도 제대로 넘길 수 없어서 한 숟가락, 10분 뒤 두 숟가락, 20분 뒤 세 숟가락 겨우 먹는 것을 도왔다. 아빠는 초점 없이 자주 허공을 바라보았고 좀처럼 자려 하지 않았으며 침대가 아니라 소파에 앉으려고 했다. 침대에서 병실 안 화장실까지 걸어가는 데 10분이 걸렸다. 그 정도로 한 걸음 내딛는 것이 어려운 상태였지만 아빠는 끝까지 두 발로 걸었다. 엄마와 함께 화장실에서 나온 아빠가 울면서 어눌하게 말했다.

    "아빠 아니야, 아빠 아니야. 월아, 아빠가 아니야."

    화장실 거울을 보았나 보다. 너무나 앙상해진 자기 모습을 아빠가 보고 말았다.
    아빠를 꼭 끌어안아 주었다.

    "왜 아빠가 아니야, 우리 아빠 맞지. 아빠 괜찮아."

그날 밤, 잠을 자지 않는 아빠와 나는 소파에 나란히 앉았다. 아빠가 갑자기 내 손을 꼭 잡으며 말했다.

"우리 딸 수족냉증 있는데… 손이 차."

아빠는 내 손을 계속 잡고 있었다. 다 풀려버린 정신에 내가 수족냉증이 있다는 것은 또 어떻게 기억하고 있을까. 사실 그날 잡은 아빠 손이 내 손보다 훨씬 차가웠다. 그래도 아빠의 큰 손에 작은 내 손이 폭 들어가는 게 포근해서 손을 더욱 움켜쥐고 있었다.

여전히 나의 손과 발은 얼음장같이 차다. 그러나 괜찮다. 문득 손과 발이 차다는 걸 인식할 때면 당신이 나를 얼마나 사랑했는지 느낄 수 있게 되어 마음은 따뜻한 것이, 그저 조금 씁쓸한 미소를 지을 뿐이다.

애틋하게 안녕

당신을 위한 일이 무엇이었을까

다음 날 아침, 우리 가족은 병원에서 하루를 묵고 집에 갈 채비를 하고 있었다. 원장 선생님이 회진을 돌며 아빠의 상태를 체크하더니 복수를 빼자고 했다. 두 번째였다. 엄마는 혹시라도 내가 놀랄까 봐 바늘이 들어가는 사이 잠깐 내 눈을 가려주었다. 그 후 의료진들은 잠시 회의를 하더니 엄마를 불렀다. 아빠를 집중 관리실로 옮기는 게 어떻겠냐고 의사를 물었다. 집중 관리실이란 일반 병원으로 따지면 중환자실이었다.

집중 관리실을 둘러보았다. 아빠의 상태가 위중했기에 24시간 모니터링을 할 수가 있고 간호실 바로 옆 침상이 비어 있던 터라 일반 병동보다는 안전했다. 하지만 일반 병동과는 다르게 생사를 넘나드는 모습의 그곳을 지금 이 순간도 글로 묘사하기가 무섭고 삭막했던 것은 사실이었다. 우리는 아빠에게 가서 말했다.

"아빠, 아빠가 원래 지내던 병동 말고 집중 관리실로 옮기면 24시간 아빠 상태를 체크할 수 있어."

아빠에게 겁먹지 말라고 말해주었다. 아빠는 내 말이 들리는지 안 들리는지 힘없이 늘어져 있었다. 그날 점심 병동을 옮기는 것을 지켜보고 우리는 집으로 돌아왔다. 그리고 저녁에 집중 관리실 간호실로부터 전화가 왔다. 병원 번호가 찍히면 엄마도 나도 소스라치게 놀라고 심장이 빨리 뛰기 시작했다. 엄마는 전화를 받지 못하고 동동거리며 나에게 휴대폰을 넘겼다.

벌써 조심스러워 보이는 간호사 목소리, 아빠가 저녁에 정신을 조금 차리고 나서 자신이 지내던 병동이 아닌 것에 놀라 소란을 피운 모양이었다. 더군다나 그 전날 가족과 함께 있었기에 아빠는 낯선 병동과 주변 환자들을 보고 많이 놀랐을 터, 간호사는 상황을 설명하며 아빠의 신체 일부를 침대에 고정해도 되겠냐고 물었다. 소란을 피우다 침대에서 떨어지면 더 큰 사고로 이어질 수 있음을 안내하며 말이다. 우리는 아빠에게 우리가 전화를 할 테니, 전화만 받을 수 있도록 옆에서 도와달라고 양해를 구했다. 아빠가 전화기 너머로 "빨리 와, 빨리 와."라고 말했다.

"아빠, 코로나 때문에 우리가 마음대로 병원에 들어갈 수가 없어. 어제랑 똑같은 병원에 있는 거니까 무서워하지 말고 내일 아침에 바로 갈 거야, 우리."

아빠는 그 후 나에게 자음만 쓰여 있는 문자를 보냈다. 초성이 아니었다. 그서 안간힘을 다해 눌러지는 대로 나에게 문자를 보낸 것 같았다. 무슨 말을 쓰고 싶었을까. 약에 취해 몸도 정신도 말을 안 듣는 와중에 아빠는 간절하게, 알아들을 수 없는 문자를 보냈다. 우리는 병원에 전화해서 신체를 침대에 고정하는 것을 하지 말아 달라고 부탁했다. 아빠를 도저히 그렇게 둘 수는 없었다. 상상할 수 없었다. 그 짧은 시간에 엄마와 나는 울고, 자꾸만 전화를 나에게 떠넘기는 엄마에게 소리를 지르며 집 안은 난리가 났다. 아빠의 신체를 묶으면 안 된다는 의견은 동일했으나 예상치 못한 이런 선택지에 놓이는 게 두려워서 엄마와 크게 다투고 말았다. 그리고 병원에 다시 한 번 부탁드렸다.

"죄송한데 집중 관리실이 낯설어서 적응을 못 하는 것 같으니 원래 계시던 일반 병실로 옮겨주시면 안 될까요?"

원장 선생님께 답변이 왔다.

"환자분이 편한 게 우선이니 일반 병실로 옮깁시다."

아빠를 위한 일이 무엇이었을까. 가끔 죄책감이 몰려온다. 집중 관리실로 옮긴 것부터가 문제였을까. 우리가 하루만 묵고 이틀은 함께 있을 수 없었던 게 문제였을까. 병원 관계자의 바짓가랑이를 잡고서라도 아빠와 우리가 1인실에서 며칠 더 있었다면 아빠는 안심하고 쉬지 않았을까. 아빠를 위한 일은 고작 침대에 신체를 고정하지 말라는 애원밖에 없었나. 우리는 왜 이리 극한에서 서로를 지켜야 할까. 아무리 서로에게 잘해주었어도 '최선'이란 이별 앞에서 해도 해도 모자란 것이 되었다.

애틋하게 안녕

빨리 와

그날 밤 아빠를 일반 병동으로 옮기고 다음 날 날이 밝자마자 면회를 하러 갔다. 아빠가 로비에 내려오지 못하니 볼 수 없다는 것을 알고 있었다. 다만 엄마는 아빠에게 쿠션을 넣어주어야 한다며 병원에 꼭 가야 한다고 했다. 물품을 전해주고 병원 근처에서 점심을 먹는 중이었다. 엄마 휴대폰으로 아빠에게 전화가 왔다.

"빨리 와. 빨리 와."

아빠는 딱 두 마디만 반복했다. 점심을 먹다 말고 재빠르게 병원으로 향했다. 아빠는 휠체어에 담요를 두르고 간호사와 로비에 앉아 있었다. 창 하나를 두고 시작된 비대면 면회. 아빠는 우리를 보자마자 수화기 너머로 "살았다."라고 말하며 옅은 미소를 짓고 있었다. 아빠가 잡은 수화기가 자꾸만 떨어졌다. 수화기를 들 힘도 없으면서 아빠는 그날따라 우리가 보고 싶었나 보다. 우리는 서로를 하염없이 바라보았다. 아빠가 한동안 못 걸던 전화를 먼저 걸고, 침대에서 휠체어로 자리를 옮기는 것도 버거웠을 텐데 기적처럼 로비에 내려와 있었다.

그로부터 8시간이 지났을까. 밤이 되자 병원에서 전화가 왔다. 이번에는 간호사가 우리더러 빨리 오라고 했다. 빨리 오셔야 할 것 같다고. 우리 가족은 본능적으로 움직이기 시작했다.

간호사는 아빠가 우리와 함께 있었던 1인실에 있다고 했다. 병동에 도착했는데 저 멀리서 아빠가 있는 1인실만 불빛이 환하게 켜져 있었다. 순간 뛰어야 할 것만 같은 느낌이 엄습해 왔다. 가장 먼저 병실에 들어가서 누워 있는 아빠를 바라보았다.

"이런 분은 처음 봐요. 가족이 오고 있다니까 아버님께서 감은 눈을 다시 뜨시더라고요."

약 3년간의 투병 생활, 40일간의 요양병원 생활을 마지막으로 아빠는 그해를 넘기지 못하고 2021년 12월 30일 캄캄한 밤에 눈을 감았다.

아빠의 투병을 가까이서 지켜보면서 나는 나의 심장 소리가 귀에 들리는 경험을 종종 겪었다. 그 소리가 언제 가장 크게 들렸냐고 묻는다면 아마 아빠의 임종을 보기 직전 병동에 도착해 1인실 병동 불빛이 보였을 때였다고 답할 것 같다. 그리고 본능적으로 복도를 뛰기 시작했을 때는 세상의 모든 소리가 들리지 않았다. 그렇게 쿵쿵 뛰던 심장 소리마저도 말이다. 그날 낮에 아빠는 우리에게 왜 빨리 오라고 이야기했을까. 가끔 그날의 모든 기억이 나를 휘감을 때가 있다.

마지막이라도 한 번 더 볼 수 있어서 감사했지만 아빠의 임종과 의료진들의 안타까운 숨소리마저 선명히 떠올라서 살다가 잠시 휘

청거리곤 한다. 그토록 지키고 싶었던 것을 지켰으나 마음이 많이 허하고 쓰리다. 아프지만 감사해야 하고 슬프지만 감내해야 했던 그날의 하루가 종종 나를 무너트리지만, 안다. 그 기억만큼은 잊을 수도 잃을 수도 없다는 것을.

애틋하게 안녕.

가장 사랑하던 꽃이 지다

아빠가 눈을 감고 난 뒤 내 정신이 또렷해지는 것을 느꼈다. 상조 회사에 전화를 걸었다. 장례지도사의 안내에 따라 제단, 부고장, 입관 용품 등을 하나둘 준비했다. 드라마나 영화 속에 나오는 상을 당한 주인공처럼 마냥 슬퍼할 수 없었다.

아침이 되어야 모든 장례 절차를 준비할 수 있다는 말에 우리는 잠시 집에 머물렀다. 동생과 침대에 나란히 누웠다. 동생은 나에게 등을 보인 채 누웠고 나는 동생의 등을 감싸 안았다. 동생이 병실에서 주저앉아 우는 모습이 떠올랐다. 무슨 말을 해야 할지 몰라서 잠시 말없이 등을 매만져주었다.

"아빠 마지막 가는 길 편안하게, 힘들겠지만 장례 잘 치르자."

동생도 울고 나도 울었지만 소리 내지 않았다. 그리고 동생을 다독이며 이런 말을 했던 것 같다.

"걱정하지 마. 우리 잘 살 수 있어."

아빠는 살아생전에 엄마에게 조문객들이 장례식장에서 술 한잔 기울이며 편안하게 있다 가게끔 해달라는 부탁을 남겼었다. 아침이 밝자 아빠의 친구들과 먼 친척들이 하나둘 조문을 오기 시작했다. 아빠의 절친한 어떤 분은 그런 이야기를 했다. 우리 아빠는 두 해에 걸쳐 떠나는 거라고. 12월 30일부터 1월 2일까지. 우리 가족은 제사를 지낼 때도 입관을 할 때도 발인 날 아빠의 영정사진을 들고 잠시 집 안을 돌고 나왔을 때도 울지 않았다. 아빠의 마지막 부탁을 지키기 위해. 음식 주문, 조문객 맞이, 제사 등등 현실에선 하나의 일처럼 순서에 따라 행해졌고, 마치 해내야 하는 슬픔 같았다. 5월에 할아버지가 돌아가셨을 때 아빠 어깨너머로 배운 장례 예절과 절차를 나는 그대로 행하고 있었다.

아빠가 가는 길에 많은 사람이 왔다. 연말 연초라 사람들이 오지 않을 수 있으니 빈소를 작은 곳으로 권하던 장례지도사의 의견을 우리는 따르지 않았다. 가장 큰 빈소를 찾았다. 왜냐하면 아빠는 좋은 사람이었기 때문이다. 틀림없이 아빠가 가는 길을 배웅하러 오실 분들이 많을 거라는 것을 우리는 의심하지 않았다. 그리고 역시나 빽빽이 들어차는 근조 화환부터 시작하여 많은 사람이 오고 가는 것을 보며 다행스러웠다. 아빠의 삶은 짧았지만 의미 있는 삶을 살다 간 것 같아서. 조문객들을 맞이하느라 두 무릎이 새파랗게 멍이 들어 있었다. 무릎보다는 가슴이 아팠던 나에게 어른들은 움츠러들지 말고 어깨 펴고 당당히 살아야 한다고 당부했다. 어깨 펴고 당당히. 움츠러들지 않고 당당히. 아빠가 없는 세상에서….

발인 날 눈이 펑펑 내렸다. 엄지손가락만 한 눈송이가 소리도 없이 내 이마에, 내 눈에, 내 코에 닿았다. 마치 아빠가 내리는 것 같은 기분. 아빠를 실은 리무진 후미등은 목적지에 정차한 후에도 이유 없이 깜박이고 있었다. 기사님도 이유를 알 수 없는 듯 담배를 피우며 "거참 이상하네."라는 말만 반복하고 계셨다. 이상한 말일지도 모르지만 우리 가족은 그 짧은 순간에 아빠가 건네는 마지막 인사가 아닐까 하고 생각했다. 우리를 두고 먼 여행을 떠나는 아빠가 걱정하지 말라고 말해주는 것 같았다.

10대였던 동생의 친구들이 관을 들기로 자처하며 흔들림 없이 걸음을 옮겼다. 그리고 50명 남짓 되는 사람들이 아빠의 발인을 함께했다. 우리 아빠 든든하겠구나. 관 뒤로 길에 이어진 사람들의 줄을 보며 외로이 가지 않기를. 아빠의 화장이 시작될 때 무릎을 구부리고 몸을 최대한 낮췄다. 엄마와 나 그리고 동생 뒤로 서 있는 아빠의 사람들이 아빠를 보라고. 아빠를 위해 이리 슬퍼하는 많은 이들과 아빠가 서로에게 편안한 안녕을 전하시라고.

1월 2일, 새하얀 눈이 된 아빠를 품에 안으며 엄마는 그랬다. 아빠와 엄마가 처음 만난 날이 1월 1일이라고. 당신과 내가 처음 만

난 오늘 같은 날, 당신은 어째서 가냐고….

유일무이했던 나의 전부. 나의 세상에 태초의 꽃이 졌다. 어느 날은 기쁨이었고 어느 날은 미움이었고 어느 날은 슬픔이었지만 내가 가장 사랑하던, 꽃이 졌다. 태초에 피어난 꽃 한 송이가 내 인생에 씨를 뿌려준 덕에 나는 살아가면서 꽃들이 만개하는 것을 보겠지만 그 근원에 먹먹함을 느낀다. 그래도 내 세상에서 철을 만들어준 당신을 잊을 수 없어 가꾸고 가꾸고 또 가꿔 흩날리는 바람에 아름다운 씨를 더 멀리 뿌릴 수 있도록. 우리 다시 만나는 그날까지.

정리하는 일

사람이 가고 나면 남은 사람에게는 '정리하는 일'이 남아 있다. 가슴 아픈 일이지만 고인의 살아 있던 흔적을 하나씩 정리하는 과정도 오롯이 감당해야 한다.

한동안은 가족관계증명서와 아빠의 신분증, 사망 확인서를 몸에 지니고 살았다. 아빠와 관련된 일을 처리하려면 내가 아빠의 딸이라는 것을 종이로 증명해야 했다. 당연한 일을 이제는 서류로 증명

하는 일이 된 것이다. 아빠의 사망신고는 천천히 하기로 했다. 1개월 이내에만 하면 되니 최대한 늦게 할 참이었다. 번갯불에 콩 구워 먹듯 정리하고 싶지 않았다. 우리의 마음도 받아들일 시간이, 정리하기까지의 시간이 필요했으니까.

사실 엄마와 나, 둘 다 시간이 맞는 날을 찾아 "우리 오늘 동사무소 갈까?"라고 물으면 둘 중 한 명은 꼭 "내일 가자."라고 말하며 시간을 미뤘다. 그렇게 미루다 한 달의 끝자락에 아빠의 사망을 신고했다.

아빠의 휴대폰도 해지시켜야 했다. 대리점에 간 날 사유를 묻는 직원에게 "사망하셔서요."라는 말을 꺼내기가 참 어려웠다. 아무렇지 않은 척했지만 아빠의 죽음을 입 밖으로 소리 내는 일은 해도 해도 적응이 되지 않았다. 휴대폰을 해지시키는 데까지는 10분이 채 걸리지 않았다. 그 10분이란, 아빠의 연락을 받을 수 없다는 사실을 받아들이는 데에는 너무 짧은 시간이었다. 아빠의 메신저는 1년이 지나서야 탈퇴시킬 수 있었다. 아빠의 메신저 배경 화면에는 내가, 프로필에는 동생의 사진이 1년 넘게 그대로 남아 있었다.

그 화면을 캡처하여 고이 보관한 뒤에야 탈퇴를 할 수 있었다.

　그리고 아빠가 우리와 가장 많이 있었던 공간 '집', 이 집 안 곳곳의 아빠 물품을 정리하던 날에는 눈물이 그치질 않았다. 안방 한쪽에 빼곡히 들어찬 아빠의 옷을 갤 때마다 옷에 배어 있는 아빠의 내음을 맡았다. 아빠를 끌어안을 때마다 나던 살냄새가 코끝을 스쳤다. 그렁그렁 눈물 때문에 잘 보이지도 않는 눈으로 어차피 버릴 옷들을 정성스럽게 갰다. 5년 10년 묵은 아빠의 사무 서류들은 몇 개월을 더 묵혀두고 나서야 정리할 수 있었다.

　사별은 떠나는 사람과 남는 사람이 분명하다. 그러나 마음은 가장 분명하지 않은 이별이기에 깊은 연연함이 자리한다. 남은 사람에게 '정리하는 일'이란 가혹한 일이다. 하지만 한 사람의 생애를 잘 정리해 주는 것, 그런 사람이 남아 있다는 것은 어쩌면 떠나는 이의 안도가 되지 않을까 하여, 남은 사람도 견뎌보는 것일지도 모른다. 떠난 이의 흔적을 정리하는 일은 결코 잊는다는 의미가 아니다. 그저 견디는 것이다.

문득, 그리움

아빠가 세상을 떠나고 우리 가족은 오래 앓았다. 몰래 숨죽여 울기도 했고, 꺼이꺼이 울어도 봤지만 변하는 것은 없었다. 어느 날은 아등바등 정신을 차렸지만 아침에 눈을 떴을 때 묵직하게 가라앉은 마음과 실감 나지 않는 현실, 그러면서도 사랑하는 이의 부재를 이미 머릿속으로는 알고 있을 때, 그날은 어김없이 수도꼭지가 터지는 날이었다. 한동안은 삶의 무상함에 못 이겨 아주 얇은 숨줄기 하나에만 의지하여 살았다.

마음이 힘들면 물을 보는 습관이 있어 자연스레 바다로 갔던 날도 있었다. 찬바람이 부는 겨울 바다에는 사람이 별로 없었다. 바다가 보이면 조금 괜찮을 줄 알았는데 몸이 기억하는지 아빠와 함께 갔던 해변가를 찾고 말았다. 해변이 보이는 카페 창가에 앉아 아무것도 하지 못하고 5시간을 울었다. 몸이 아픈 아빠와 맛있는 걸 꼭 먹어야겠다며 몇 시간을 기다려 들어간 맛집에 정작 아빠가 먹지 못하는 토란대가 들어간 국이 나와 난감했던 기억, 아빠와 함께 앉았던 자리, 바다로 시선을 함께했던 우리가 떠올라 눈물이 멈추질 않았다.

문득, 그리고 번뜩 아빠에 대한 그리움이 몰려왔다. 연세가 지긋하신 노부부가 손을 잡고 걸어가거나 아빠와 우연히 만나 함께 점심을 먹었던 식당을 지나치거나 아빠와 자주 가던 공원에 혼자 우두커니 앉아 있거나 아빠와 똑같은 휴대폰 벨 소리가 어딘가에서 울릴 때, 그렇게 시도 때도 없이 울었다.

아빠가 간 뒤로 우리 가족은 부둥켜안다가도 금세 가슴 아프다는 이유로 서로를 찔러댔다. 우리가 옆에 있을 수 없었던 아빠의 병원 생활 동안 무슨 일이 있었던 것은 아닌지 알아봐야겠다고 말했을 때 나는 엄마에게 그런다고 죽은 사람이 돌아오냐고 소리쳤다. 집 안에 혼자 남아 외로움을 느껴야 했던 엄마가 자꾸만 밖으로 도는 내가 이해가 안 된다며 화를 냈을 때 나는 방문을 걸어 잠그고 나오지 않았다. TV를 보며 아무 생각 없이 웃을 때면 지금 우리가 웃을 때냐며 서로를 타박했다. 그렇게 한바탕 서로를 찔러댈 때면 아빠가 너무 그리웠다. 이럴 때 아빠가 있었다면 별일 아니라는 듯 넘겨주었을 텐데. 엄마와 나를 사랑스럽게 품어주었을 텐데. 이런 생각들이 휘몰아칠 때면 그 어떤 때보다 괴로웠고 견뎌내기가 힘들었다. 아마 나뿐만 아니라 엄마도 그랬을 거다. 이렇게 날카로운 시간이 지나가면 결국엔 서로를 다시 붙잡고 울며 미안해했으니까.

생각했던 것 이상으로 아빠의 빈자리는 컸다.

왜 아빠랑 함께했던 세상은 그토록 따뜻하고 든든했는지. 나보다 나를 더 사랑해 주던 한 사람이 없어지자 세상에 자주 작아졌고 자주 초라해졌고 자주 구질구질해졌다.

헤어진 뒤에야 아빠의 포용력이 나를 키우고 지켰음을 알았다.
문득문득 아빠의 넓은 품이 그립다.

아빠는 엄마에게 너무 오래 울지 말라고 전했다는데, 머리로는
다 알지만 때로는 사람의 의지로 막을 수 없는 것들이 있다. 누군
가를 그리워하면서 흘리는 눈물 같은 거 말이다. 12월만 되면 사무
치는 마음 말이다. 아픔도 충분해야 한다. 그래야 마땅하다.

애틋하게 안녕

상다리가 부러지도록

아빠의 기일과 명절이 되면 상을 차리기 바쁘다. 제사와 차례를 지내야 하기 때문이다. 직접 음식을 준비한다고 하면 간혹 사람들이 희한한 눈빛으로 쳐다본다. 요즘 만들어 먹는 사람이 어딨냐며 말이다.

우리 역시 명절에 음식을 만들어 먹은 지 얼마 되지 않았다. 처음에는 명절 기분이라도 내자며 만들어 먹던 음식이 이제는 연례

행사처럼 커졌다. 아빠가 돌아가신 이후부터는 상차림이 더 거해졌다. 간소하게 상을 차리자고 다짐해도 막상 차리고 보면 상다리가 부러질 정도로 음식들이 준비되어 있다. 일손이 부족해서 음식들을 살까 해도 엄마는 아빠가 사서 먹는 음식보다 직접 한 음식을 좋아했다며 팔을 거든다.

"너희 아빠는 분명 하늘에 가서도 친구 많이 사귀었을 거야."

엄마는 아빠뿐만이 아니라 아빠의 체면까지 생각하며 음식을 많이, 더 많이 준비한다. 그렇게 엄마를 따라 겨우겨우 음식을 만들고 나면 허리와 어깨가 끊어질 것처럼 아프다. 엄마도 제풀에 지쳐 앞으로는 바빠서 이렇게도 못 한다며 3년째 기일까지만 음식을 차리자고 한다. 그런 말이 나오기가 무섭게 이번에는 내가 계속할 거라고 으름장을 놓는다.

상다리가 부러지도록 음식을 차리는 우리를 보면 우리가 아빠를 여전히 사랑한다는 건 분명한 일이다. 부디 남아 있는 자들이 마음 편하고자 하는 의례가 아님을 알아주었으면 한다. 그 의례 속에는 삼키는 눈물이 많다. 그렇다고 미련한 짓이라 생각하지 말아주었으면 한다. 그 의례 속에는 상기되는 소중한 추억들이 있다.

'우리가 당신을 많이 아끼고 사랑합니다.'

아빠의 납골당 사진에 아끼고 사랑한다는 문구를 새겨 놓았다. 언제 어디서나 우리가 서로의 부재로 인하여 외롭지 않기를 바라는 마음으로.

외롭기에는 우리, 아직 많이 사랑하고 있지 않은가.

애틋하게 안녕

슬플 때나 기쁠 때나 당신

"이미 지나간 일이니까 과거에 너무 매달리지 마."

큰일을 겪고 나서 자주 들은 말이다. 맞다. 아빠는 이미 떠났다. 그 사실에 얽매인다면 앞으로 잘 살아낼 수 없을지도 모른다. 다만 아빠가 떠난 것은 과거지만 아빠가 없는 삶은 나에게 현재다. 아빠 없이 보내는 어버이날, 가족의 생일, 명절. 모두 다 처음이다.

어버이날 카네이션을 사려고 꽃집에 들렀다. 꽃에 붙은 팻말에는 내게 '부모님', '아빠 엄마'로 시작되는 사랑의 문구가 많았다. '아빠'라는 단어가 이렇게 아플 수 있음을 처음 알았다. 그런 문구들이 들어간 꽃을 다 제쳐두고 '사랑합니다'라는 문장만 적힌 다발을 집어 들었다. 그날 저녁 집에 들어가 보니 동생이 사 온 카네이션에도 '부모님', '아빠 엄마' 같은 문구는 없었다. '감사합니다'라는 문장만 담긴 꽃송이, 동생도 나와 같은 마음이겠거니 생각했다. 잠시 다녔던 회사에서 4대 보험을 들기 위해 가족관계증명서를 뗄 때도 현실을 맞닥뜨려야 했다. 아빠 이름 앞에 '사망'이라는 단어가 붙은 걸 그제야 처음 봤다. 심장이 덜컹 내려앉았지만 직원들이 다 있는 사무실에서 울 수는 없었다.

그렇게 현재를 산다. 예고 없이 찾아오는 '울컥', 마치 내가 있는 곳만 흑백 처리된 것 같은 '쓸쓸함.' 그런 건 이상하게도 기쁜 일과 슬픈 일이 생겼을 때 많이 느껴졌다. 잘 지내다가도 복받쳐 오르는 삶. 기쁜 날에는 아빠도 함께 있었으면 좋았을 텐데, 슬플 때는 이런 날 아빠가 있었으면 존재만으로도 위로가 되었을 텐데.

아빠가 세상을 떠나고 그간 많은 일들이 있었다. '지월'이라는 필명을 내건 첫 에세이가 출간되었고, 첫 연극 작품도 무대에 올랐다. 아빠가 나의 글을 무척이나 궁금해했지만 나는 작가로서 단 한 작품도 아빠에게 보여주지 못했다. 그래서 작가로서 딛는 나의 발자국에는 가끔 눈물이 서려 있기도 하고 더한 서글픔이 있다. 하지만 이 한 권의 마지막 본문에서 아빠에게 약속할 수 있는 것은 그럼에도 멈추지 않겠다는 작가이자 딸로서의 약속이다. 아빠가 보지 못한 나의 작품에 '이만하면 됐다.'라는 일말의 마무리를 느끼지 못할 테다. 그래서 나에게는 늘 '다음'이 있다는 것을 꼭 아빠에게 전하고 싶다.

나의 슬픔이자 기쁨이던.
이제는 슬플 때나 기쁠 때나 가장 먼저 떠오를 당신.

나아갈게요. 아빠

애틋하게 안녕

우리의 이야기를 마무리하며

사랑하는 사람을 잃은 뒤, 하루에 10초 동안 꿈과 현실을 구분하지 못하는 증상을 겪고 있다. 아침에 잠에서 깨어 일어날 때마다 아빠의 죽음이 꿈이었다고 생각한다. 아주 지독하고 오랜 꿈이었다는 생각에 이내 안도한다. 그리고 안도로부터 정확히 10초 뒤 꿈이 아니라 현실이라는 사실을 깨닫는다. 아빠의 죽음이 현실이라는 것을 깨달을 때의 기분은 말로 형용할 수가 없다. 큰 바위가 내 몸의 정중앙을 관통하여 몸의 일부가 깊은 바다에 가라앉는 느낌이라고 하면 이해가 될까. 떨어져 나간 몸의 일부를 어찌할 도리 없이 바라만 보고 있다 보면 멍한 생각을 하게 된다.

'우리 아빠가 왜 없지?'

그런데 이제는 이런 생각을 떨궈보려 한다.

상실과 부재를 받아들이는 일은 매우 애달픈 일이나, 물음 대신 상실을 받아들이는 삶으로. 그로 인해 찾아오는 추억과 그리움들 이 말해줄 것이라 믿기 때문이다.

사랑하는 당신과 우리는 서로를 볼 수 없지만 가슴으로 연결되 어 있다고.

나의 슬픔, 나의 사랑 그리고 나의 전부.
나의 애도를_당신께.